Dieses Buch erscheint 1998 als Hörkassette.

Die Folie des Schutzumschlages sowie die Einschweißfolie sind PE-Folien und biologisch abbaubar.
Dieses Buch wurde auf chlor- und säurefreiem Papier gedruckt.

Umschlaggestaltung: Agentur ZERO, München, unter Verwendung eines Gemäldeausschnittes »Cap Saint-Jean« von Auguste Renoir (Foto: Christie's / Artothek, Peißenberg)
Satz: Ventura Publisher im Verlag
Druck und Bindung: Clausen & Bosse, Leck
Printed in Germany
ISBN 3-426-19485-6

2 4 5 3 1

Johannes Mario Simmel

Der Mann, der die Mandelbäumchen malte

Droemer

Johannes Mario Simmel

Der Mann, der die Mandelbäumchen malte

Der Mann, der die Mandelbäumchen malte

Ich war so glücklich wie noch nie. In meinem Traum. So über alle Maßen glücklich. Dann hörte ich das Klopfen. Tack. Tack, tack, tack. Wieder. Und wieder. Immer lauter. Immer härter. Dann war ich wach. Ich öffnete die Augen. Durch den Spalt neben der herabgezogenen Glanzstoffblende vor dem Fenster drang ein Streifen weißglühendes Sonnenlicht. Ich bemerkte, daß der Zug stand. Wo war mein Glück, mein über alle Maßen großes Glück? Was hatte ich geträumt, eben noch, vor Sekunden? Angestrengt dachte ich nach. Es fiel mir nicht mehr ein. Nichts fiel mir ein, nicht das Geringste. Vergessen mein Traum, alles vergessen. Tack! Tack, tack, tack! Tack, tack, tack!

Nun war das Klopfen sehr laut, sehr hart.

Ich hörte die Stimme des Schlafwagenschaffners.

»Madame Collins! Wachen Sie doch endlich auf, Madame Collins!«

Gähnend erhob ich mich. Über das Pyjama streifte ich den Trenchcoat, der an einem Haken hing. In Paris hatte es heftig geregnet. Ich knipste das Licht an und entriegelte die Abteiltür. Nachdem ich in meine Pantoffeln geschlüpft war, trat ich auf den Gang.

Das grelle Licht der Sonne traf mich wie ein Hammer auf den Schädel. Ich kniff die Augen zu, um mich an dieses Licht zu gewöhnen. Heiß war es im Gang des Schlafwagens, stickig heiß. Der Schaffner war glatzköpfig. Er hatte die Jacke seiner braunen Uniform ausgezogen. Mit dem oberen Ende des Bleistifts klopfte er gegen die Tür des Abteils neben dem meinen.

»Madame Collins! Sie wollten in Saint-Raphaël geweckt werden. Wir sind in Saint-Raphaël. Madame Collins, bitte!«

Ich sah aus einem Gangfenster und erblickte die sehr kleine, sehr saubere Station. Der Schlafwagen stand etwas außerhalb des überdachten Teils. Da war die Altstadt mit der romanischen Kirche. Da war das Museum für archäologische Unterwasserfunde, ich hatte es ein paarmal besucht. In der Kirche war ich oft gewesen. Der Kühle wegen. Ich erinnerte mich an die wahnsinnig heißen Sommertage, während deren ich hier zu tun gehabt hatte. Wann war das gewesen? Vor fünf Jahren? Nein, vor sechs. Da hatte Couton bei Saint-Raphaël einen Film gedreht. »Dieses verfluchte Leben«. Der große Jacques Couton. Ich erinnerte mich noch genau daran, daß ich in jener Kirche das Drehbuch umgeschrieben hatte, mit einem Kugelschreiber, die Seiten auf den Knien. Ich erinnerte mich sogar noch an die Dialoge. An meinen glücklichen Traum erinnerte ich mich nicht.

Über den Häusern der Stadt sah ich die rote Erde des Esterel-Gebirges, das hier seinen Anfang nahm. Auch an die sehr rote Erde erinnerte ich mich. Und an die Stierkämpfe in Fréjus, ganz in der Nähe. Sie waren lausig gewesen. Alte Stiere, alte Toreros. Ich war mit diesem Mädchen hingegangen, mit Claire. Zwei Wochen lang hatte ich hier geschrieben und mit Claire geschlafen. Sie arbeitete als Sekretärin in dem Hotel, in dem ich wohnte. Ihr Mann leistete gerade seinen Militärdienst. Die beiden hatten als halbe Kinder geheiratet. Vor sechs Jahren war Claire einundzwanzig Jahre alt gewesen, ich fünfundvierzig. Die rote Erde des Esterel glühte jetzt schon, am Morgen. Ich dachte, daß dieser Tag wohl so wahnwitzig heiß werden würde wie alle jene, an denen ich mich in der Kirche mit dem versauten Script abgequält hatte.

»Morgen«, sagte ich zu dem Schaffner. Er versuchte jetzt, mit einem Steckschlüssel die Verrie-

gelung zu öffnen. Schweiß stand ihm in feinen Tropfen auf der Glatze. Er war ein großer Mann, Ende Fünfzig.

»Guten Morgen, Monsieur Royan.«

Der Schaffner sah mich kurz an. Neben seinen Schuhen, auf dem Gangteppich, lag eine Kladde und auf ihr der Bleistift, mit dem er geklopft hatte. Die Kladde enthielt die Namen aller Reisenden.

»Was ist los?« fragte ich.

»Wacht nicht auf«, sagte er und drehte den Steckschlüssel vorsichtig herum. Der Schlüssel glitt immer wieder ab. »Steigt in Cannes aus wie Sie, Monsieur Royan. Wollte in Saint-Raphaël geweckt werden und noch im Abteil frühstücken.«

»Wie ich.«

»Ja«, sagte er. »Wie Sie. Und jetzt kriege ich die Dame nicht wach.«

»Wir haben ein bißchen viel getrunken gestern abend.«

»Ja, zwei Flaschen.«

»Das ist eine ganze Menge für zwei Leute«, sagte ich. Jetzt stand *mir* der Schweiß auf der Stirn, und ich fühlte ihn auch über den Rücken rinnen. Ein gottverflucht heißer Tag würde das werden hier an der Côte d'Azur. In Paris hatten wir noch gefroren. Es war erst Anfang April, aber eben schon gottverflucht heiß hier unten im Süden. Ich hatte leichte Sachen eingepackt, glücklicherweise. Glücklicherweise. Was war das bloß für ein Traum gewesen?

»Der Champagner war einwandfrei«, sagte der glatzköpfige Schaffner. »Sie haben noch gesagt, daß er großartig ist.«

»Prima war er«, sagte ich. »Mrs. Collins hat es auch gesagt.«

»Ja, nicht wahr?«

»Darum haben wir auch zwei Flaschen getrunken. Mrs. Collins war so glücklich.«

Ich erinnerte mich auch noch, warum Mrs. Collins so glücklich war. Aber mein Traum? Nix. Keine Spur.

Ich sah, daß nun schon etwa ein Dutzend Reisende im Gang standen. Sie schauten uns neugierig zu. Aus dem anderen Schlafwagen kam ein junger Schaffner.

»Wird einer nicht wach, Emile?«

»Nein, Paul. Und dieses verdammte Schloß ...«

In diesem Moment sprang es auf. Die Tür zum

Abteil von Mrs. Collins öffnete sich – einen schmalen Spalt.
»Madame!« Jetzt schrie Emile. »Madame Collins!« Er sprach den amerikanischen Namen französisch aus. »Madame Collins, so hören Sie doch! Wir sind in Saint-Raphaël!«
Keine Antwort.
Plötzlich war es sehr still auf dem Gang. Niemand sprach. Niemand bewegte sich. Eine Sirene heulte in der Ferne.
»Gehen Sie doch rein«, sagte ich. »Schauen Sie nach!«
»Kann ich nicht«, sagte Emile. »Da, der Sicherheitsbolzen. Sehen Sie? Ich kann das Schloß öffnen, aber nicht die Tür. Der Bolzen ist aus Eisen. Madame Collins!« schrie er wieder in das dunkle Abteil hinein.
»Und wenn sie ...«, begann der junge Schaffner, der Paul hieß.
»Merde alors«, sagte Emile. Er sah mich an. »Es ging der Dame doch gut, Monsieur, oder nicht?«
»Ausgezeichnet«, sagte ich.
Wir blickten uns eine Weile schweigend an.
»So geht das nicht«, sagte Emile zuletzt. »Ich

bleibe hier. Lauf du zum Vorsteher, Paul! Sag ihm, was los ist! Wir brauchen einen Schlosser, der den verdammten Bolzen durchsägt.« Paul lief schon los. »Und der Vorsteher soll auf alle Fälle gleich die *pompiers* verständigen!«

Pompiers heißt Feuerwehrleute. In Frankreich werden immer sie zuerst gerufen, wenn ein Unglück geschehen ist.

Der *Train bleu* verläßt Paris vom Gare de Lyon um 21 Uhr 46. Er hat nur Schlaf- und Liegewagen und fährt bis Ventimiglia, dem italienischen Grenzort an der Côte d'Azur. In südlicher Richtung fährt der *Train bleu* quer durch Frankreich zum Mittelmeer. Das erste Mal bleibt er in Saint-Raphaël stehen. Danach hält er oft – in Cannes zum Beispiel, in Juan-les-Pins, in Cagnes-sur-Mer, Nizza, Beaulieu, Monte Carlo. Er hält dann an vielen Stationen, die alle am Meer liegen.

Ich war mit einem Taxi von meiner Wohnung zur Gare de Lyon gefahren, und ungefähr eine Viertelstunde lang hatte ich mir das Fluchen des Chauffeurs angehört, der wegen des wüsten Regens und des starken Verkehrs nur langsam vorwärts kam. Am Bahnhof gab es keinen Träger. Ich schleppte meinen Koffer und meine Schreibmaschine den langen »Blauen Zug« entlang bis zum Schlafwagen 17. Mein Abteil lag etwa in der Mitte des Waggons. Vor der offenen Tür des Nebenabteils stand eine Dame und rauchte. Ich grüßte. Sie lächelte und neigte den Kopf.

Diese Dame hatte eine wundervolle Art zu lächeln. Es war, als gehe die Sonne auf in ihrem feingeschnittenen, schmalen Gesicht. Die Augen waren sehr groß. Sie hatte schöne Zähne und einen breiten Mund mit vollen Lippen. Sie trug ein rotes Kleid und eine Perlenkette. Gleich als ich sie sah, empfand ich, daß diese Frau erfüllt war von fast unirdischer Seligkeit. Groß und schlank stand sie da. Ihr weißes Haar lag wie ein Helm um ihren Kopf und hatte einen feinen violetten Schimmer. Während sich der Schaffner mit meinem Billett beschäftigte, erblickte ich in der dunklen Fensterscheibe, vor der die Dame stand und über die der Regen peitschte, ihr Spiegelbild. Erstaunt bemerkte ich, daß sie mich beobachtete. Ich kannte diese Dame nicht. Ich hatte sie nie zuvor gesehen. Ich lächelte ihrem Spiegelbild zu. Sie lächelte gleichfalls.

»Wann wünschen Sie geweckt zu werden, Monsieur?« fragte der Schaffner, der die Kladde mit den Namen der Passagiere bei sich trug.

»In Saint-Raphaël, bitte.«

»Frühstück?«

»Ja, bitte.«

»Kaffee oder Tee?«

»Tee. Mit Milch.«

»Wie ich«, sagte die Dame in dem roten Kleid.

»Wie Madame Collins, gewiß«, sagte der Schaffner mit der Glatze. »Madame wünscht gleichfalls, in Saint-Raphaël geweckt zu werden.«
»Ja, bis Cannes habe ich dann noch genug Zeit. Sie fahren auch bis Cannes, Monsieur?«
»Jawohl, Madame ...«
»Collins, Roberta Collins.« Sie sprach französisch mit starkem amerikanischen Akzent.
»Royan«, sagte ich, »Roger Royan.«
»Wünschen die Herrschaften jetzt noch etwas?«
Bevor ich etwas erwidern konnte, antwortete sie: »Ich würde gerne Champagner trinken.« Sie sah mich an. Grün waren ihre großen Augen. »Finden Sie, daß ich unmöglich bin, wenn ich Sie einlade, Monsieur Royan?«
»Sie sind sehr liebenswürdig, Mrs. Collins. Natürlich nehme ich gerne Ihre Einladung an«, sagte ich.
Ihr Lächeln wurde stärker.
»Wie schön. Sie haben doch Champagner?«
»Gewiß, Madame.« Der Schaffner zählte drei Marken auf.
»Pommery«, sagte Mrs. Collins.
»Sofort, Madame. Eine Flasche Pommery.« Der Schaffner eilte fort.

Mrs. Collins war gewiß fünfzig Jahre alt, aber sie sah viel jünger aus. Sie sah aus, als wäre sie eben vierzig geworden. Gewiß hatte sie ihr Gesicht liften lassen, bei einem erstklassigen Schönheitschirurgen. Es waren ihre Hände, die Mrs. Collins verrieten. Ihre Hände hatte sie nicht liften lassen. Fünfzig ist sie, dachte ich. Mindestens.

Der *Train bleu* fuhr jetzt sehr schnell.

Der Schaffner hatte den Champagner und einen Kübel voller Eiswürfel sowie zwei Gläser gebracht. Er hatte die Flasche geschickt geöffnet und mich kosten lassen.

»In Ordnung, Monsieur?«

»In Ordnung.«

»Dann gestatten Sie …« Er hatte die Gläser halb gefüllt, die Flasche in den Kübel gestellt und sich verneigt. »Wenn die Herrschaften mich brauchen – hier ist der Klingelknopf.«

»Danke«, hatte Mrs. Collins gesagt. »Vielen Dank, Monsieur. Und schließen Sie bitte die Tür hinter sich.«

»Sehr wohl, Madame.« Er war verschwunden.

Ganz sanft bewegte sich das Bett, auf dem wir beide saßen. Die Achsen schlugen gehetzt.

»Trinken wir auf mich«, sagte Mrs. Collins. »Auf mein neues Leben. Ich habe ein neues Leben begonnen, wissen Sie, Monsieur Royan. Wollen wir darauf trinken, daß es schön wird, dieses neue Leben?«

»Es soll ganz großartig werden, Mrs. Collins.«

»Das soll es, ja«, sagte sie, und da war wieder ihr Lächeln. »Also dann, auf mein ganz großartiges neues Leben. *Santé*, Monsieur Royan!«

»*Santé*, Mrs. Collins.«

Wir tranken.

»Das ist ein Tröpfchen«, sagte Mrs. Collins. »Was? Ist das nicht ein phantastisches Tröpfchen?«

»Pipi der Engel, Mrs. Collins.«

Der Sturm heulte um den Zug, und der Regen schlug schwer gegen die Scheibe hinter der Glanzstoffblende, die herabgelassen war. Mrs. Collins stellte das Glas fort. Ich gab ihr Feuer für eine neue Zigarette.

»Sie rauchen nicht?«

»Nicht mehr. Ich habe es mir abgewöhnt.«

Die Achsen schlugen, schlugen, schlugen …

»Ich habe Ihre Schreibmaschine gesehen. Sie sind Schriftsteller?«

»Ja, Mrs. Collins.«

»Was schreiben Sie? Romane? Sie müssen entschuldigen – ich habe noch nichts von Ihnen gelesen. Es gibt so viele Autoren ...«

»Ich schreibe Sachbücher. Naturwissenschaftliche Sachbücher.«

Und das war eine Lüge.

»Oh«, sagte sie und trank wieder einen Schluck. »Ich lese nie Sachbücher. Sind Ihre in andere Sprachen übersetzt?«

»Ja, Mrs. Collins.« Und das war noch eine Lüge.

»Man bekommt sie auch in Amerika?«

»Natürlich.« Und das war die dritte Lüge. Ich schrieb keine Sachbücher. Ich war einer von den neun Autoren einer außerordentlich erfolgreichen Heftchenromanserie mit dem Titel »Affaire Top-Secrète«. Jede Woche erschien eine neue Broschüre. »Affaire Top-Secrète« wurde auf Bahnhöfen und an Kiosken verkauft. Die Serie hatte sich sogar als noch populärer als die berühmte »Brigade mondaine« erwiesen. Es war der allerletzte Dreck, den wir da produzierten. Vor langer Zeit hatte ich richtige Romane geschrieben. Niemand wollte sie lesen. Nun

brauchte ich etwa drei Wochen, um mit einem Heftchen fertig zu werden.
Meine Hauptarbeit lag auf anderem Gebiet, und sie brachte wesentlich mehr Geld. Ich war Spezialist für die Reparatur von mißratenen Filmdrehbüchern. Das Script, das ich nicht wenigstens wieder so weit in Ordnung brachte, daß der Cutter die Sequenzen aneinanderkleben konnte, gab es nicht. Einen nationalen Ruf hatte ich als Retter von Produzenten erlangt, die mitten in der Arbeit feststellen mußten, wie ein launenhafter Regisseur einfach zu weit von der Vorlage abgewichen war. In solchen Fällen gibt es Verträge mit Schauspielern, mit Technikern, mit dem Atelier, und jeder Tag, an dem nicht gedreht wird, bedeutet riesige Verluste für die Filmgesellschaft. Ich war der Engel aller mühselig beladenen, vom Unglück heimgesuchten Produzenten. Um einem solchen in der Not zu helfen, fuhr ich nach Cannes. Dort standen die Dreharbeiten an einem sehr teuren Film bereits seit vier Tagen still.
»Bitte, bekommen Sie keinen falschen Eindruck von mir«, sagte Mrs. Collins. »Ich muß Ihnen reichlich seltsam erscheinen.«

»Sie erscheinen mir wie jemand, der weiß, daß ihn eine große Freude erwartet«, sagte ich.

»Eine große Freude«, wiederholte sie langsam. »Ja, das ist es wohl. Ich kehre für immer heim zu dem Mann, den ich am meisten geliebt habe.«

»Darauf wollen wir trinken«, sagte ich und goß die Gläser voll. Der Champagner war jetzt richtig kalt.

Mrs. Collins lächelte und öffnete eine Krokodilledertasche. Ihr entnahm sie ein Stück Pappe, das so groß war wie eine Postkarte. Die eine Seite, sah ich, war beschrieben. Auf der anderen erblickte ich ein Mandelbäumchen. Es war in leuchtenden Wasserfarben gemalt, die dünnen Äste schwarz, die kleinen Blätter braunrot, die vielen Blüten in ganz hellem Rosa. Es war ein Bild, das mich durch seine Atmosphäre faszinierte. Mir schien, als sei alles Wachsende und Werdende, alles Gute und Liebenswerte unserer Welt in diesem Mandelbäumchen eingefangen, über dem ein zartblauer Himmel schwebte. Es machte einen froh, dieses Bäumchen anzusehen. Es machte alles Traurige und Dunkle vergessen. Es war *das* Symbol der Hoffnung. Ich betrach-

tete es lange, und ich fühlte Wärme und Freude in mir aufsteigen, Freude am Leben, Erinnerungen an längst Vergangenes, aber nur an das, was beglückend, nur an das, was schön gewesen war.

»Drehen Sie die Karte um«, sagte die seltsame Frau mit dem violett-weißen Haar. Auch in ihrer Stimme lag unendlicher Charme. Ich blickte sie an. Sie hatte die Heiterkeit eines jungen Mädchens, das sich auf die Liebe freut.

Ich drehte die Karte um und las, mit der Hand geschrieben:

Neither the Angels in Heaven above,
Nor the Demons deep under the Sea
Shall ever dissever my Soul from the Soul
Of the beautiful Annabel Lee.

»Das ist von Edgar Allan Poe«, sagte Mrs. Collins und trank.

Ich versuchte zu übersetzen: »Weder die Engel im Himmel noch die Teufel tief unter der See können jemals trennen meine Seele von der schönen Annabel Lee.«

»Der Mann, den ich am meisten geliebt habe,

hat dieses Mandelbäumchen gemalt«, sagte Mrs. Collins. »Mir hat er es geschenkt. Und er hat die Worte geschrieben, die schönen Worte. Für mich. Ich bin seine Annabel Lee.« Nun war ihr Lächeln ganz nach innen gekehrt und erfüllt von allem Frieden der Welt. Die Madonnen der italienischen Meister lächeln so, während sie das Kind betrachten. »Zu ihm fahre ich jetzt, Monsieur Royan. Um zu bleiben. Wenn es einen Gott gibt, dann möge er mich vor ihm sterben lassen, denn ich liebe diesen Mann zu sehr, um seinen Tod ertragen zu können. Ist das pathetisch?«

»Gar nicht«, sagte ich, ein wenig geniert.

»Es ist ganz ungeheuer pathetisch«, sagte sie lächelnd. »Aber das ist mir egal. Meine ganze Geschichte ist ungeheuer pathetisch, wenn Sie wollen. Ich bin sechsundfünfzig Jahre alt.« Also doch, dachte ich. »Die ungeheuer pathetische Liebesgeschichte einer alten Frau«, fuhr sie fort und drehte ihr Glas in der Hand. »Wollen Sie sie hören? Sie sind Schriftsteller. Ich schenke Ihnen meine Geschichte. Vielleicht schreiben Sie sie einmal auf?«

Ich dachte, wie gering die Wahrscheinlichkeit

war, daß ich, ein Autor der Heftchenserie »Affaire Top-Secrète« und Drehbuchreparateur, dies jemals tun würde, doch ich nickte und lächelte auch. Und wir tranken beide wieder, und der Zug donnerte weiter durch die Nacht voll Regen und Sturm südwärts, dem Mittelmeer entgegen. Immerhin: Ein Dutzend *short stories* von mir waren in Zeitschriften, vor allem in »Paris Match«, erschienen. Als Heftchenautor führte ich einen Phantasienamen.

»Ich möchte gern Ihre Geschichte hören«, sagte ich.

»Gleich als ich Sie kommen sah, vor der Abfahrt in Paris, hatte ich das Gefühl, daß Sie jemand sind, dem ich alles erzählen kann, erzählen will. Ich bin so übervoll von Freude, ich muß meine Geschichte einfach erzählen! Ihnen. Einem Schriftsteller. Sie haben gewiß schon von sehr vielen Menschen Geschichten gehört.«

»O ja, Mrs. Collins«, sagte ich.

»Ich kenne den Mann, zu dem ich fahre, seit elf Jahren«, sagte die ältere Dame, die so jung wirkte, von Seligkeit und Glück erfüllt und wie von einem Panzer umgeben, der alles Böse abhielt.

»So lange schon!« sagte ich. »Und wann haben Sie ihn zum letztenmal gesehen?«

»Vor elf Jahren«, erwiderte Mrs. Collins und lächelte das Lächeln der Madonnen.

Im Frühjahr 1972 stiegen Mr. Erskine Collins und seine Frau Roberta im Hotel CARLTON an der Croisette in Cannes ab. Sie kamen für vier Wochen. Am 18. April jährte sich zum fünfundzwanzigsten Mal ihr Hochzeitstag. 1972 war Mrs. Collins fünfundvierzig Jahre alt, ihr Mann einundfünfzig. Er besaß eine bekannte Privatbank in New York und war schon oft in Cannes gewesen – geschäftlich. Seine Frau sah die Stadt mit ihren Palmen, ihren abertausend blühenden Sträuchern und Blumen und ihrem weißen Sandstrand zum erstenmal.

Am Abend des 14. April gab der amerikanische Generalkonsul, der mit seiner Frau eigens aus Marseille gekommen war, ein Diner zu Ehren von Mr. und Mrs. Collins. Dieses Essen fand im PALM BEACH, dem sogenannten Sommercasino von Cannes, statt. Das PALM-BEACH-CASINO war der modernere der beiden großen Spielpaläste. Das Wintercasino, das sich am anderen Ende der Croisette befand, hatte man noch vor dem Ersten Weltkrieg im Plüsch-, Marmor- und Lüsterstil der Jahrhundertwende erbaut. (Einige Jahre später wurde es abgerissen, und heute steht an seiner Stelle ein Bauwerk von unbeschreiblicher Häßlichkeit – ein paar sich modern gebende Architekten haben sich dort ausgetobt.)

Beide Casinos verfügten über große Speisesäle, das PALM BEACH dazu noch über die MASQUE DE FER, ein Restaurant im Freien. Die großen Galas des Sommers fanden alle in der MASQUE DE FER statt – ebenso wie das Diner zu Ehren von Mr. und Mrs. Collins. Der Tag war zudem ein Freitag, es wurde also ein Gala-Abend, das heißt, sehr viele Menschen versammelten sich in festlicher Kleidung zu Essen, Tanz, einer extravaganten Show und der Musik zweier Kapellen. Ein voller Mond leuchtete am wolkenlosen Himmel und ließ alles, Palmen und Strand, die Häuser der Stadt und die funkelnden Lichter am fernen Esterel-Gebirge, wesenlos und unwirklich, ganz unwirklich werden.

Sie waren zwanzig Personen, und der große, langgezogene Tisch, an dem sie saßen, war der beste, den es im Zentrum der strahlenförmigen Tafelanordnung vor der großen Tanzfläche gab. Wenn die Musiker einmal pausierten, konnte man die am Strand auslaufenden Wellen hören. Vor dem Essen, beim Cocktail, hatte der Gene-

ralkonsul, ein alter Freund Erskine Collins', seine Gäste miteinander bekannt gemacht. Da war der Bürgermeister von Cannes mit seiner Frau, da war der bekannteste Anwalt, ebenfalls mit Frau, da war ein Paar aus Schweden, dem Mann gehörten Werften, da war ein Paar aus Deutschland, er Chirurg, da war ein italienisches Aristokratenpaar aus Mailand, ihm gehörten ein Verlag und eine römische Zeitung, da war der Armenier Reuben Alassian, ein alter Herr, der in Nizza ein großes Juweliergeschäft hatte, und da war ein schlanker, breitschultriger Mann mit braunem Haar, scharfgeschnittenen Gesichtszügen, blitzenden Zähnen und sehr hellen Augen – er wohnte in dem eine knappe Autostunde entfernten Saint-Paul-de-Vence, einem kleinen, uralten Städtchen, in dem sehr viele Maler lebten und arbeiteten, wie er Mrs. Collins erklärte. Dieser schlanke, große Mann, so erfuhr sie, war ein guter Freund des alten armenischen Juweliers aus Nizza. Er hieß Pierre Mondragon und war auch Maler. Später, beim Essen, saß er neben Mrs. Collins. Mr. Collins saß neben dem amerikanischen Generalkonsul.

Von dem Augenblick an, da ihr Pierre Mondragon vorgestellt worden war, erfüllte Mrs. Collins eine sich immer mehr steigernde Unruhe. Ihr und ihrem Mann zuliebe wurde Englisch geredet – besser oder schlechter. Mondragon beherrschte diese Sprache fließend. Und seit er Mrs. Collins erblickt hatte, schien er niemanden anderen mehr wahrzunehmen. Seine hellen Augen waren beständig auf sie gerichtet, er unterhielt sich ausschließlich mit ihr, und nach dem Essen, vor der Show, tanzten die beiden auf der erhöhten großen Fläche direkt am Wasser.

Pierre Mondragon war ein großartiger Tänzer. Seine Bewegungen hatten etwas raubtierhaft Geschmeidiges und dabei überaus Zärtliches. Er hielt Mrs. Collins eng umschlungen, und sie ließ sich von ihm führen – willenlos, wie sie erstaunt erkannte. Sie war eine bürgerlich erzogene Frau. Sie liebte ihren integren, etwas langweiligen Mann, sie hatte ihn nie betrogen und nie an etwas Derartiges gedacht. An diesem Abend veränderte sich Mrs. Collins' Leben …

Die große Show mit all den Girls, Zauberern und Sängern – *spectacle* nannte man das hier – war vorüber, und wieder tanzte Mrs. Collins mit dem Maler Pierre Mondragon; nun unter

vielen anderen Paaren auf der großen Fläche über dem Meer, unter dem Himmel mit seinen Sternen und seinem honigfarbenen Mond. Die Strahlenbündel bunter Scheinwerfer glitten über sie hinweg, eine Kapelle spielte Glenn Millers »Moonlight Serenade«.

»Sie sind wunderbar«, sagte Mondragon, während er sich mit Mrs. Collins langsam im Kreise drehte. »Sie sind wunderbar. Wissen Sie, was ein *coup de foudre* ist?«

»Nein«, sagte Mrs. Collins und fühlte, wie ein Schauer über ihren Rücken rann. Sie trug ein hinten tief ausgeschnittenes, auf die Figur geschnittenes Kleid aus Silberlamé, er einen Smoking mit weißem Jackett und roter Schleife.

»Ein *coup de foudre* ist ein Blitzschlag der Liebe, Mrs. Collins«, sagte Pierre Mondragon. »Ein *coup de foudre* hat mich getroffen. Ich liebe Sie, Mrs. Collins.«

»Sie dürfen nicht so sprechen«, sagte sie, und da war wieder der Schauer.

»Sie verbieten es mir, Sie zu lieben?«

»Ja.«

»Das können Sie nicht, Mrs. Collins.«

»Ich ... Was fällt Ihnen ein? Schweigen Sie!

Schweigen Sie sofort! Ich bin glücklich verheiratet seit fünfundzwanzig Jahren.«

»Sie sind nicht wirklich glücklich. Ich werde Sie glücklich machen, so glücklich, wie Sie noch nie gewesen sind.« Plötzlich preßte er ihren Körper fest an sich.

»Lassen Sie mich sofort los!«

Seine Lippen suchten die ihren. Er hielt sie noch fester.

»Sie sollen mich loslassen! Ich schreie!«

»Schreien Sie, Mrs. Collins! Schreien Sie!«

»Bitte lassen Sie mich los, Monsieur Mondragon! *Bitte!*«

»Bitte ist schon besser«, sagte er und lockerte den Griff seiner Arme. »Ich habe es ja gewußt.«

»Was?« Sie konnte kaum reden.

»Daß auch Sie verrückt sind nach mir«, sagte Pierre Mondragon.

Und genau das war ich«, sagte Mrs. Collins. Immer noch heulte der Sturm um den *Train bleu*, immer noch prasselte Regen auf den Zug, der durch die Nacht südwärts jagte. Sanft wiegte sich der Wagen. »Wahnsinn, nicht wahr? Vollkommener Wahnsinn!« Sie strich sich über das Haar und sah mich an. Einmal lächelte sie nicht. »Ich würde gerne noch etwas trinken.«

Ich füllte ihr Glas.

»Sie auch«, sagte Mrs. Collins.

»Ich fürchte, die Flasche ist leer.«

»Nun, wollen wir ... Können wir ... Ich habe Ihnen noch viel zu erzählen ... und es ist noch nicht spät ... Wenn Sie mich nicht zu allem anderen auch noch für eine Säuferin halten ...«

Ich drückte den Klingelknopf.

»Sie müssen sich das vorstellen, Monsieur Royan«, sagte Mrs. Collins. »Meine Familie kommt aus Boston. Ich wurde in Vassar erzogen. Ich kannte vor der Ehe zwei Männer. Drei Männer und fünfundvierzig Jahre. Mit meinem Mann hatte ich fünfundzwanzig Jahre eine gute, ruhige Ehe geführt. Er liebte mich aufrichtig, ich liebte ihn ebenso. Wir waren voller Achtung und Umsicht füreinander. Und dann dieser Maler, dieser Pierre Mondragon, und der *coup de foudre*. Glauben Sie, daß es so etwas überhaupt gibt?«

»O gewiß, Mrs. Collins«, sagte ich.

»Es muß so etwas geben«, murmelte sie. »Ich wäre mit Pierre von der Tanzfläche weg ins nächste Hotel gegangen.«

Es klopfte.

Der kahlköpfige Schaffner erschien.

»Noch eine Flasche, bitte«, sagte ich.

»Gerne, M'sieur – dame, sofort.«

Er verschwand.

Ich sah Mrs. Collins an. Jetzt lächelte sie wieder.

»Und niemand bemerkte etwas«, sagte sie. »Nicht einmal mein armer Erskine. Im Laufe der Nacht schloß er noch Freundschaft mit Mondragon. Freundschaft! Er war ganz begeistert von diesem Maler. Im übrigen waren alle begeistert von ihm, wissen Sie. Er war ein Mann, den einfach alle sofort mochten.« Sie blickte ins Leere. »Damals war mein Haar noch braun«, sagte sie nach einer kleinen Pause. »Es hatte schon graue Strähnen, aber ich färbte es. Kastanienbraun. Mit einem Stich ins Rötliche.

Und ich trug es locker, es fiel mir bis auf die Schultern.«

Ich dachte, wie schön sie mit ihren fünfundvierzig Jahren gewesen sein mußte. Sicherlich hätte auch ich mich um sie bemüht. Allerdings nicht so stürmisch wie dieser Mondragon.

Der Schaffner kehrte mit einem neuen Kübel voller Eisstückchen, neuen Gläsern und einer neuen Flasche Pommery zurück. Er betrachtete uns wohlwollend.

»Ich mache das schon, danke«, sagte ich. Er nickte und verschwand mit dem ersten Kübel und der ersten Flasche. Ich öffnete die zweite. Nachdem ich gekostet und wir wieder getrunken hatten, sagte Mrs. Collins: »Damit Sie das Folgende richtig verstehen, Monsieur Royan: Zu dieser ersten Begegnung mit Pierre im PALM BEACH kam es am vierzehnten April. Das Datum des Hochzeitstages war der achtzehnte April. Am vierzehnten, das war sozusagen eine Vorfeier.« Ich nickte. »Nun, in dieser Nacht gingen wir alle noch in den Spielsaal. Erskine war ein leidenschaftlicher Spieler, immer schon. Er spielte Roulette. Nicht, um unbedingt zu gewinnen, es machte ihm nichts aus, ob er gewann oder verlor. Sie müssen bedenken, mein Mann war – verzeihen Sie das harte Wort – sehr reich. Er spielte um des Spieles willen, des Nervenkitzels, der Atmosphäre halber. Und er gewann fast immer. Auch an diesem Abend. Er gewann sehr viel.« Sie lachte leise. »Sobald er spielte, durfte man ihn nicht mehr ansprechen. Er haßte es, wenn man sich neben ihn setzte oder hinter ihn stellte. Er wünschte, ganz allein und unbeobachtet zu sein. Nun«, sie lachte wieder, »das konnte er haben an diesem Abend! Pierre und ich saßen an der Bar. Wir betrugen uns jetzt wie Gymnasiasten. Wir sahen einander in die Augen und legten die Hände aneinander, und wieder und wieder berührten sich unsere Schuhe. Plötzlich, nach diesem Ausbruch beim Tanzen, schien Pierre scheu und sentimental. Und dadurch steigerte sich mein Verlangen natürlich nur noch.« Sie nahm eine neue Zigarette, und ich gab ihr Feuer. »Er erzählte von seinem Leben. Er war nicht verheiratet, und er arbeitete viel und hart. ›Sie müssen zu mir kommen und meine Bilder sehen – mit Ihrem Mann natürlich‹, fügte er schnell hinzu. Wie gesagt, er war jetzt scheu, fast gehemmt. Dann erzählte er mir,

wie schön Saint-Paul-de-Vence sei. Nur etwa zweitausend Menschen lebten in dem seit dem Mittelalter befestigten Ort inmitten von Palmen- und Olivenhainen. Die Stadtmauer aus dem sechzehnten Jahrhundert war noch erhalten. Kennen Sie Saint-Paul-de-Vence?«

»Nein.«

»Aber ich«, sagte sie. »Wenn ich die Augen schließe, sehe ich jeden Baum vor mir, jedes Haus, jeden Stein.« Tatsächlich schloß sie die Augen und hielt sie auch während der nächsten Sätze geschlossen. »Die Kirche stammt aus dem dreizehnten Jahrhundert. In ihr gibt es einen Schatz, einen wirklichen Schatz. Die Häuser sind uralt, und aus großen Steinen sind die unebenen Außenmauern gefügt. Man kann nur bis zu einem Platz bei einem großen Olivenbaum fahren, dann muß man die Straße in den Ort hinauf zu Fuß gehen. Es gibt dort die Fondation Maeght. Von ihr haben Sie schon gehört, nicht wahr?« Ich nickte. »Sie soll zur besseren Kenntnis der modernen Kunst führen und mehr Liebe für sie wecken. Ununterbrochen gibt es das ganze Jahr über Ausstellungen. Die Fondation hat eine große Sammlung. Sie können Werke von

Bonnard, Braque, Miró, Calder, Kandinsky, Ubac und so fort sehen.« Sie lachte. »Ja, ich kenne mich aus, Pierre hat mir das alles später gezeigt und erklärt. Ich verdanke ihm viel ...« Ihre Stimme verlor sich.

»Und haben Sie Mondragon besucht?« fragte ich.

»Warten Sie«, sagte sie. »Warten Sie, ich erzähle Ihnen alles, Ihnen, einem Fremden, in dieser Nacht, in der mein neues Leben beginnt. Nein, es hat eigentlich schon gestern begonnen. Gestern bin ich von New York abgeflogen ...« Sie sog an ihrer Zigarette. »Nun, zuletzt versammelten sich damals alle an der Bar, der alte armenische Juwelier Alassian, der Generalkonsul, die Schweden, die Deutschen, die Italiener, und auch Erskine kam endlich – er hatte fast dreißigtausend Franc gewonnen. Mondragon wiederholte seine Einladung an Erskine und mich. Alle anderen kannten sein Atelier schon, und sie kannten Saint-Paul-de-Vence. Sie redeten uns zu, am meisten der alte Reuben Alassian aus Nizza.«

»Und Ihr Mann nahm die Einladung an?«

»Der arme Erskine!« Sie lachte. »Er verstand

nichts von Bildern, und Malerei interessierte ihn ebensowenig wie Musik oder Bildhauerei oder Literatur. Er hatte seine Bank. Er hatte sein Metier: das Geld. Das war es, wofür er sich interessierte, wofür er Leidenschaft empfand.«

»Und für das Roulette«, sagte ich.

»Ja, und für das Roulette«, sagte sie.

»Und für Sie, Mrs. Collins.«

Sie sah mich lange an und trank.

»Ja«, sagte sie endlich. »Und für mich natürlich. Aber das war nicht Leidenschaft. Das war Liebe und Vertrauen, absolutes Vertrauen.« Sie senkte den Kopf. Es war plötzlich still im Abteil, und ich konnte überlaut das jagende Geräusch der Achsen hören, den Sturm, den Regen. Mrs. Collins warf den Kopf zurück. »Ja, Erskine nahm die Einladung Mondragons an. Der wollte am Montag um fünfzehn Uhr mit seinem Wagen vor dem CARLTON stehen und uns abholen und dann später auch wieder zurückbringen.« Sie zuckte die Schultern. »Am Samstag wurde mein Mann aus Paris angerufen. Vom Direktor der französischen Bank, mit der er seit vielen Jahren zusammenarbeitete. Sie wissen schon, wie es weiterging, Monsieur Royan, nicht wahr?«

»Dieser Direktor bat Ihren Mann, wegen einer wichtigen Transaktion am Montag unbedingt nach Paris zu kommen«, sagte ich.

»Genau das bat er meinen armen Erskine, ja. Es handelte sich um eine ganz große Sache. Erskine mußte einfach nach Paris, es ging nicht anders. Mein Mann wollte schon am Sonntag abend fliegen und Dienstag vormittag wieder bei mir sein. Ich war solche plötzlichen Reisen gewohnt. Am Nachmittag, während Erskine wie gewöhnlich nach dem Essen schlief, rief ich Mondragon an und sagte ihm, daß wir den Besuch bei ihm verschieben müßten und warum.«

»Und?«

»Er sagte: ›Verschieben? Das kommt überhaupt nicht in Frage! Daß Ihr Mann nach Paris muß, ist ein Geschenk des Himmels. So sind wir endlich allein.‹ – ›Sie haben den Verstand verloren‹, sagte ich. ›Sie glauben doch nicht, daß ich ohne meinen Mann zu Ihnen komme‹. – ›Ja‹, sagte er darauf fröhlich, ›genau das glaube ich.‹ – ›O nein!‹ rief ich. – ›Ja, ja, natürlich, o nein‹, sagte er. ›Seien Sie bitte um drei Uhr auf der Terrasse Ihres Hotels und erwarten Sie mich, damit Sie gleich einsteigen können, wenn ich

komme. Es ist immer gräßlich schwierig, dort zu parken.‹ – ›Niemals‹, sagte ich und war plötzlich wütend, ›niemals werde ich um drei Uhr auf der Terrasse auf Sie warten, Monsieur Mondragon.‹« Sie trank einen großen Schluck. Dann lächelte sie, und dann sagte sie, mir in die Augen blickend: »Ich wartete schon ab halb drei auf ihn.«

Sein Wagen war alt und verbeult. Mondragon trug weiße Schuhe, eine weiße Leinenhose und darüber ein blaues Hemd. Sie fuhren nach Saint-Paul-de-Vence, fast ohne miteinander zu reden. Es war sehr heiß an diesem Tag, und als sie ankamen, sah Mrs. Collins alles, wovon Mondragon ihr erzählt hatte: die alte Befestigungsmauer, die Kirche aus dem dreizehnten Jahrhundert mit ihrem später gebauten Glokkenturm, den Parkplatz mit dem großen Olivenbaum, auf dem sich ein paar Männer beim *boule*, diesem Spiel mit Metallkugeln, auf der roten, festgetretenen Erde des Platzes vergnügten, und sie sah die uralten Häuser in der schmalen Straße. Das Pflaster bestand aus katzenkopfrunden Steinen. Mrs. Collins trug Schuhe mit hohen Absätzen. Sie konnte kaum gehen. »Ziehen Sie die Schuhe aus!« sagte Mondragon. Sie folgte ohne ein Wort. Barfuß ging sie neben dem großen Mann mit den hellen Augen die Straße hinauf. Als er dann endlich die Tür eines Hauses öffnete, blieb sie vor Staunen stehen. Sie hatte nicht erwartet, was sie sah: eine riesige, weißgetünchte Halle, gewiß zwei Stockwerke hoch, in der Steinstatuen von Männern und

Frauen standen. Manchen fehlte ein Arm oder ein Bein, einem Mann fehlte der Kopf. Hell fiel das Sonnenlicht durch Fenster, die sich hoch oben in den Wänden befanden.
Eine überbreite Treppe führte die Mauern entlang zu verschiedenen Absätzen, von denen aus sich Türen öffneten. Die Stufen der Treppe waren grau und ausgetreten. Viele Jahrhunderte alt mußte dieses Haus sein. Pierre Mondragon führte Mrs. Collins darin herum. Er zeigte ihr Wohnräume, die voller antiker Möbel waren, und verschiedene Sammlungen. In einem Raum gab es Hunderte von kleineren und größeren Elefanten, aus allen denkbaren Materialien gefertigt.
»Sie müssen den Rüssel nach oben tragen«, erklärte Mondragon, »sonst bringen sie kein Glück.«
In einem anderen Raum befand sich eine Sammlung von Puppen aus der ganzen Welt, des weiteren zeigte er ihr bizarre Gebilde, aus wundersamen Wurzeln geschnitzt, einen ganzen Raum voll der herrlichsten Gläser in allen Farben und ein Zimmer, in dem auf Tischen unzählig viele große, bunte Glaskugeln lagen. Im Hauptwohn-

raum gab es einen Kamin und Hähne, Hähne aus allem möglichen Material wie die Elefanten und in jeder Form und Größe. Sie standen auf der Erde – alle Räume hatten glatte, ausgetretene Steinböden –, sie hingen an den Wänden, hingen von der Decke herab an Schnüren; der Raum war voll von ihnen.

»Auch Hähne bringen Glück«, sagte Mondragon. »Natürlich müssen sie die Schnäbel weit geöffnet haben. Wissen Sie, was die Hähne rufen?«

Mrs. Collins fühlte sich plötzlich schwer benommen. Sie setzte sich in ein altes, tiefes und weiches Fauteuil.

»Was rufen die Hähne?« fragte sie.

»Wacht auf, Verdammte dieser Erde!« antwortete Mondragon. »Sie sind doch die Wecker der Schläfer, nicht wahr? Und die meisten Menschen schlafen nicht nur nachts, sondern ihr Leben lang. Ja, das rufen die Hähne. Was darf ich Ihnen zu trinken anbieten? Sie müssen doch verdursten. Entschuldigen Sie!« Er zog an einem roten Samtriemen, der an der weißen Wand hing. Gleich darauf klopfte es, und eine unscheinbare Frau von unbestimmbarem Alter trat

ein. Sie trug einen schwarzen Kittel und keine Schuhe. Ihre Füße waren schmutzig, ihr schwarzes Haar hing ins Gesicht. Sie sah häßlich aus, und dennoch dachte Mrs. Collins, daß diese Frau einmal sehr schön gewesen sein mußte.

»Das ist Maria«, sagte Mondragon, »meine Haushälterin.«

»Guten Tag, Maria«, sagte Mrs. Collins und lächelte sie an.

»Guten Tag, Madame«, sagte Maria, und ihr Gesicht blieb ernst, fast tragisch in seiner Häßlichkeit.

»Was wollen Sie trinken?« fragte Mondragon und blickte Mrs. Collins an. »Bei dieser Hitze würde ich nicht zu Whisky raten. Vielleicht Gin-Tonic?«

»Ja, bitte«, sagte Mrs. Collins.

»Du hast gehört, Maria«, sagte Mondragon.

»Ja, Monsieur.«

»Mir auch einen, bitte.«

»Zwei Gin-Tonic«, sagte Maria.

»Besser, du bringst die Flaschen und zwei Gläser und Eis«, sagte Mondragon.

»Wie Sie wünschen, Monsieur.« Maria verschwand.

»Eine gute Frau«, sagte Mondragon. »Leider sehr dumm. Aber auch sehr ergeben.«
»Wie lange ist sie schon bei Ihnen?« fragte Mrs. Collins, die ihre große Beklommenheit nicht los wurde, und blickte auf ihre Füße. Sie hielt noch immer die hochhackigen Schuhe in der Hand. Die Sohlen meiner Füße werden auch schmutzig sein, dachte sie.
»Maria? Oh, eine Ewigkeit. Gewiß zwanzig Jahre. Ich weiß es schon nicht mehr.«
»Und sonst lebt niemand in diesem Haus?«
»Nein«, sagte Mondragon. »Nur Maria und ich.«
Die Haushälterin in ihrem schwarzen Kittel kam mit einem Tablett zurück, auf dem Gläser und Flaschen sowie ein Becher voller Eiswürfel standen. Mondragon nahm ihr das Tablett ab.
»Danke, Maria. Du kannst gehen.«
»Ist gut, Monsieur.« Sie schlurfte zur Tür. Die Tür fiel hinter ihr ins Schloß. Mondragon stellte das Tablett ab und bereitete die Drinks. Indessen fragte Mrs. Collins, die ein Leonard-Kleid trug, das in den Farben Grün, Blau, Orange und Weiß gehalten war: »Warum ist sie so traurig?«
»Wer?«
»Maria. Ihre Haushälterin.«

Mondragon lachte. »Traurig? Die ist nicht traurig. Sie sieht nur so aus. Sie ist immerzu in Gedanken, wissen Sie.«

»Was für Gedanken?«

»Das vermag kein Mensch zu sagen. Ich habe sie oft gefragt. Sie hat es mir nie verraten. Eine gute Seele, meine Maria. Nur eben sehr dumm, leider. Was heißt leider? Vielleicht ist das ein Glück. Dumme Menschen haben es leichter im Leben.« Er reichte Mrs. Collins ein Glas. »*Cheerio.*«

»*Cheerio*«, sagte Mrs. Collins.

Sie blieben in dem Zimmer mit den vielen Hähnen. Mondragon erzählte, daß er sehr weite Reisen mache. Auf diesen Reisen sammle er die Elefanten, die Glaskugeln, die Hähne und alles andere. Mrs. Collins Benommenheit wurde noch größer. Sie fuhr sich mit einer Hand über die Stirn.

»Fühlen Sie sich nicht gut?«

»Doch, doch. Nur ein wenig schwindlig …«

Mondragon trat zu Mrs. Collins und zog sie zu sich empor. Er nahm ihr das Glas aus der Hand und stellte es fort. Danach hielt er ihren Kopf in beiden Händen und küßte sie hart auf den

Mund. Ihre Lippen öffneten sich. Sie stöhnte. Der Kuß dauerte lange. Zuletzt hob Mondragon sie auf wie ein Kind und trug sie zu einer Tür neben dem Kamin, die er öffnete. Er trug Mrs. Collins in ein weißgetünchtes Schlafzimmer, in dem ein sehr großes Bett stand.

»Nicht«, sagte Mrs. Collins. »Bitte nicht.«

Er legte sie sehr sanft auf das Bett, kniete neben ihr nieder und begann, sie auszuziehen.

»Bitte«, sagte Mrs. Collins. »Bitte, nicht!«

Er zog ihr das Leonard-Kleid aus, danach das Hemd.

»Bitte«, sagte Mrs. Collins, »bitte, nicht.« Aber sie wand sich hin und her, um ihm die Arbeit zu erleichtern.

Er öffnete ihren Büstenhalter und zog ihr den Slip aus. Sie lag nackt vor ihm. Gleich darauf war auch er nackt.

»Chérie«, sagte er, *»chérie,* wie schön du bist. So wunderschön.« Er glitt auf das Bett. Sein Kopf vergrub sich zwischen ihren Schenkeln.

»Bitte«, sagte Mrs. Collins. »Bitte ...« Tränen rannen über ihr Gesicht, während sie schwer zu atmen begann.

Die Achsen schlugen.
Mrs. Collins hatte ihre Erzählung unterbrochen. Sie saß reglos. Dann, nach einer langen Weile, zog sie die Glanzstoffblende hoch. Die Fensterscheibe war mit Regenschlieren bedeckt. Ab und zu sah man in der Finsternis ein paar Lichter. Die Scheibe spiegelte. Mrs. Collins preßte die Stirn gegen das Glas, während sie weitersprach.
»Ich werde meinen Mann vergessen. Ich werde Vater und Mutter vergessen. Ich werde alles vergessen. Nur niemals diesen Nachmittag. An diesem Nachmittag erst wurde ich zur Frau. Mit fünfundvierzig Jahren erfuhr ich, was eine Frau bei einem Mann empfinden kann. Niemals zuvor hatte ich mir das auch nur in der Phantasie vorzustellen vermocht. Niemals zuvor hatte ich solche Gefühle erlebt – bei meinen beiden Freunden nicht, bei meinem Mann nicht, niemals, nein, niemals. Pierre war ein wundervoller Liebhaber, zärtlich und brutal, sanft und wild. Er war es, der mich zum wirklichen Leben erweckte – mit fünfundvierzig Jahren …«
Sie wandte sich um und sah mich an, und da waren Tränen in ihren Augen – wie an jenem

Nachmittag vor elf Jahren. Sie wischte die Tränen mit einem Handrücken fort und lächelte. »Ich bin schamlos, nicht wahr?«

»Aber nein, Madame, ich bitte Sie ...«

»Ich bin schamlos, weil ich Ihnen, einem Fremden, das alles erzähle. Ich war noch viel schamloser damals, bei ihm. Es war mir egal. Bitte, geben Sie mir noch etwas zu trinken.«

Ich füllte ihr Glas, und sie leerte es zügig.

Sie sagte: »Ich hatte keine Schuldgefühle – damals nicht, später nicht, heute nicht. Sie sind Schriftsteller, Sie werden mich verstehen.«

Ich antwortete nicht.

Stunden später zeigte Pierre Mondragon Mrs. Collins dann sein Atelier und seine Arbeiten. Die Erregung war bei beiden abgeklungen. Sie waren ernst und sprachen wenig miteinander. Das Atelier erwies sich als ungemein großer Raum. Eine Seite war ganz aus Glas. Sehr viele Bilder standen auf Staffeleien, lehnten an den Wänden, hingen dort oder lagen auf Tischen.

Mrs. Collins ging langsam durch den Raum, blieb stehen, ging weiter, blieb wieder stehen. Sie sah die Bilder genau an. Sie waren in verschiedenen Techniken gemalt. Mrs. Collins fand alle Bilder schlecht – ohne jede Begabung, dilettantisch fast.

»Wie gefallen dir meine Sachen, *chérie?*« fragte Mondragon.

»Oh, sehr.«

»Also überhaupt nicht«, sagte er.

»Nein, *darling*«, sagte Mrs. Collins.

Er schwieg.

»Verzeih!« sagte sie und küßte ihn auf die Wange.

»Die meisten Leute mögen meine Bilder nicht«, sagte Mondragon.

»Es ist nicht so, daß ich sie nicht mag. Ich finde nur ... Was ich meine, ist ...«

»Ja, ja«, unterbrach sie Mondragon. »Schon gut. Zum Glück gibt es Ausnahmen, die mögen und kaufen meine Bilder. Ich kann nur so malen, wie ich male, *chérie*, siehst du ...« Er brach ab, denn sie hatte einen kleinen Schrei ausgestoßen.

Nun wies sie auf ein Stück Karton von der Größe einer Postkarte, das auf einem der Tische lag. »Das hast du auch gemalt?«

»Was?« Er fuhr sich durchs Haar. »Das Mandelbäumchen? Ja, natürlich habe ich das auch gemalt.« Er trat neben sie und legte einen Arm um ihre Schulter. »Gefällt es dir?«

Mrs. Collins grüne Augen funkelten vor Entzücken. Sie sah unverwandt das kleine, in leuchtenden Farben gemalte Bild an. Schwarz waren die dünnen Äste, die kleinen Blätter braunrot, die vielen Blüten hellrosa. Ein angedeuteter blauer Himmel schwamm über dem Bäumchen. Noch nie, dachte Mrs. Collins, habe ich etwas so Befreiendes, Beglückendes und Liebenswertes gesehen.

»Das ... das ist wunderbar, Pierre«, sagte sie ein

wenig atemlos. »Ganz wunderbar. Ich kann gar nicht glauben …« Sie brach ab und wiederholte: »Ganz wunderbar.«

Er küßte sie. Dann nahm er eine breite Tuschfeder, drehte das kleine Bild um und begann, auf die Rückseite zu schreiben.

»Das ist nicht von mir, das ist von Poe«, sagte er dazu. »Es fiel mir eben ein.« Er hob die Karte mit dem Mandelbäumchen auf und reichte sie ihr. »Du bist für mich Annabel Lee.«

Weder die Engel im Himmel noch die Teufel tief unter der See können jemals trennen meine Seele von der schönen Annabel Lee«, wiederholte Mrs. Collins meine Übersetzung der englischen Worte auf der Karte ins Französische. Das kleine Bild, das sie mir vorhin gezeigt und das auf der Mahagoniplatte des Waschtisches in der Ecke ihres Schlafwagenabteils gelegen hatte, hielt sie nun wieder in der Hand. »Dies ist das Mandelbäumchen, das ich damals bei ihm sah«, sagte sie. »An jenem Nachmittag. Da schrieb er auch diese Worte. Seither bin ich Annabel Lee für ihn. Seit elf Jahren. Ich habe das Bild immer in meiner Nähe gehabt, wenn möglich, bei mir. Es ist der Talisman unserer Liebe.« Sie strich zärtlich über die rosigen Blüten. Langsam sagte sie: »Und immer noch kann ich kaum glauben, daß er das gemalt hat. Er *hat* es gemalt! Aber wenn Sie seine anderen Bilder gesehen hätten ... Wie ein Wunder ist dieses Bild. Ach, aber dann ist unsere ganze Liebe ein Wunder.« Sie legte die Karte auf die Mahagoniplatte.

Ich fragte: »Und am nächsten Tag kehrte Ihr Mann aus Paris zurück?«

»Wie er es vorgehabt hatte, ja, Monsieur Royan. Mit der ersten Maschine. Ihr fuhr im Taxi nach Nizza und holte ihn am Flughafen ab. Er war bester Laune, er hatte doch ein großes Geschäft abgeschlossen. Er umarmte und küßte mich immer wieder, als wir nach Cannes zurückfuhren.«

»Und Sie?«

»Ich? Ach so … Ich sagte Ihnen ja schon: Ich empfand nicht die Spur von Schuld … Niemals! Auch an jenem Tag nicht. Ich betrug mich ganz natürlich, ich hatte für Erskine dieselben Gefühle wie immer … Nein, nicht die Spur von Gewissensbissen. Erwarten Sie keine Tragödie, Monsieur Royan! Dieser Dienstag war der achtzehnte April, also wirklich unser fünfundzwanzigster Hochzeitstag. Wir hatten beschlossen, ihn allein zu verbringen. Als wir ins CARLTON kamen, stand im Salon unseres Appartements eine Vase mit fünfundzwanzig roten Rosen. Erskine hatte von Paris aus den Portier angerufen und gebeten, sie während meiner Abwesenheit zu besorgen. Er küßte meine Hände und meine Lippen, und er sagte, er danke mir für fünfundzwanzig Jahre Glück – und neben den Rosen stand meine Handtasche, und in ihr lag dieses Bild von dem Mandelbäumchen. Und ich küßte Erskine auch und sagte, er sei immer ein guter Mann gewesen, der beste, den ich mir wünschen könne.«

Sie mieteten einen Wagen mit Chauffeur und fuhren am Nachmittag die Küste entlang, über die Basse Corniche nach Monte Carlo. Es war Erskines Einfall gewesen, dort eine Nacht im HOTEL DE PARIS zu verbringen. Sie nahmen zwei Koffer mit Abendgarderobe mit. Als sie sich abends umzogen, um im *Salle Empire* zu essen, ging Mrs. Collins ins Badezimmer. Sie kontrollierte noch einmal die Frisur. Das braune Haar fiel in großen, weichen Wellen über ihre Schultern. Sie trug ein grünes Seidenkleid, körperbetont wie die meisten ihrer Abendroben. Die Frisur war in Ordnung.

Im Salon stand, schon im Smoking, ihr Mann. Vor ihm auf dem Tisch lag ein großes, mausgraues Etui.

»Mein Geschenk für die beste Frau, die es gibt«, sagte er fröhlich.

Sie öffnete das Etui und holte tief Atem. Sie sah einen großen Brillantring in Smaragdschnittform, ein Paar Brillantohrringe, ein Brillantarmband und ein breites Brillantcollier mit vielen Steinen. Ein Millionenvermögen lag vor ihr.

»Oh, Erskine, Erskine ... Du bist verrückt geworden!« Sie griff nach den einzelnen Teilen des

Sets, und die Steine funkelten im Licht. »Total verrückt geworden bist du!«
Er lachte sein kehliges Lachen.
»Gefällt es dir, *darling?*« Er begann, ihr die Teile anzulegen. Er streifte ihr den Ring über den Finger. »Ich habe deinen Rubinring geklaut, bevor ich abflog. Du hast es gar nicht bemerkt, gestehe! Ich mußte Monsieur Alassian doch deine Fingergröße zeigen können ...«
»Monsieur wem?«
»Reuben Alassian! Gott, bist du durcheinander. Dem Juwelier aus Nizza, erinnere dich, dem freundlichen alten Herrn.«
»Das ... das hast du alles bei Alassian gekauft?«
»Sage ich doch. Zuerst war ich unentschieden, was ich wählen solle. Da haben wir dann diesen Maler gefragt ...«
»Pierre Mondragon?« Ihr Atem stockte.
»Ja, deinen Freund, mit dem du dich so gut verstehst.«
»Wann habt ihr ihn gefragt?«
»Na, vor meinem Abflug. Erinnere dich, ich habe gesagt, ich muß in Nizza noch einen Kriegskameraden treffen. Du bist im Hotel geblieben. Im Laden von Alassian haben wir eine

kleine Konferenz abgehalten, er, ich und eben Mondragon. Alassian hatte ihn angerufen und gebeten, nach Nizza zu kommen. Mondragon war es, der sagte, zu dir würde dieses Brillanten-Set am besten passen. Und er hat recht, bei Gott, er hat recht. Wozu so ein Maler doch gut ist!«

Sie lief zurück ins Badezimmer, um sich noch einmal im Spiegel zu sehen. Sie sagte erstickt: »Aber Brillanten im Smaragdschnitt sind doch so teuer ... Mondragon hat da gewiß das Teuerste ausgesucht, was Alassian im Geschäft hatte.«

Er stand hinter ihr und lachte wieder rauh.

»Das ist gut möglich, *darling*. Aber was soll's? Wenn doch wirklich alles am besten zu dir paßt, die Ohrringe, das Collier, das Bracelet ...« Er neigte sich vor und küßte ihre nackte Schulter. *»Happy anniversary«*, sagte er. *»Happy anniversary, darling!«*

Nach dem Essen gingen sie ins Casino, und alle Männer drehten sich nach Mrs. Collins um, und darüber freute sich Mr. Collins. Sie durfte an diesem besonderen Abend sogar neben ihm sitzen, während er spielte, und er gewann eine große Summe.

»Du bringst mir Glück.«

»Hast du das noch nicht gewußt?«

»Doch, natürlich ... Aber beim Spiel ... Du bist wirklich eine ganz wunderbare Frau. Dein Freund, der Maler, dieser Monsieur Mondragon, hat es gleich erkannt.«

»Hat er das gesagt?«

»Ja.«

»Was hat er genau gesagt?«

»Daß du die wunderbarste Frau bist, die ihm jemals begegnet ist«, antwortete Erskine Collins. »Ich würde gerne noch ein wenig Baccarat spielen. Darf ich?«

Er spielte lange, und er trank viel Whisky im Casino. Es war beinahe vier Uhr morgens, als sie über den großen Platz zum Hotel de Paris zurückgingen. Einmal im Bett, schlief Mr. Collins sofort ein. Mrs. Collins lag noch lange mit weitgeöffneten Augen reglos neben ihm. Am

Nachmittag dieses Tages kehrten sie ins CARLTON nach Cannes zurück.

In der Folgezeit sahen sie häufig das eine oder andere Paar, das der Generalkonsul zur Gala ins PALM BEACH eingeladen hatte an jenem Abend, an dem Mrs. Collins den Maler Mondragon kennenlernte. Sie nahmen einen Drink auf der Hotelterrasse mit diesen Leuten, sie aßen zu Abend mit ihnen, zweimal war auch Mondragon dabei. Er betrug sich völlig natürlich, ebenso wie Mrs. Collins. Selbstverständlich landeten sie jedesmal, auch mit Mondragon, zuletzt im Casino, denn Erskine spielte für sein Leben gern.

Mondragon und Mrs. Collins saßen wieder an der Bar. Sie tranken und streichelten einander heimlich.

»Er fliegt jetzt nicht mehr weg, Pierre. Wann sehen wir uns? Wo? Und wie? Ich halte es kaum aus vor Sehnsucht.«

»Laß mich nur machen, Annabel Lee, laß mich nur mit ihm reden«, sagte Mondragon.

Als Erskine Collins endlich vom Roulette zu ihnen kam, um einen Drink zu nehmen, sagte der Maler: »Wir haben uns gerade über die

Fondation Maeght unterhalten, Mister Collins. Ihre Frau will so gerne all die berühmten Bilder sehen, die dort hängen. Sie will auch meine Bilder sehen und so vieles andere. Das Picasso-Museum in Antibes mit seinen Gemälden, Keramiken und Zeichnungen ... Dann Vallauris. Dort werden nach alten Überlieferungen provenzalische Töpferwaren hergestellt – seit etwa 1950 und unter dem Einfluß von Picasso, Pignon und Prinner ist Vallauris sicher zum berühmtesten Kunstkeramikzentrum der Welt geworden ... Oh, und das ehemalige Schloß der Mönche von Lerins! Die Kapelle aus dem sechzehnten Jahrhundert, die von Picasso ausgestattet wurde ...«

Mr. Collins seufzte.

»Hören Sie auf, Pierre – ich darf doch Pierre zu Ihnen sagen?«

»Aber gewiß, Erskine.«

Mr. Collins wurde ein wenig verlegen. »Ich bin ein Bauer. Ein Bauer, der nur mit Geld umgehen kann, den nur Geld interessiert, um ganz ehrlich zu sein. Seht mal, ich bin der Älteste von euch. Ich bin hierhergekommen, um meiner Frau die Côte d'Azur zu zeigen. Vom Wagen aus sozusa-

gen, verstehen Sie, Pierre. Ich bin zu alt und zu faul, um viel herumzulaufen und mir Bilder und Plastiken anzusehen. Sei nicht böse, *darling*, bitte! Dein alter Erskine ist ein bißchen müde. Und Bilder und all das interessieren ihn wirklich nicht. Das Glück hat es gewollt, daß wir Monsieur Mondragon …«

»Pierre.«

»… daß wir Pierre begegnet sind, entschuldigen Sie, Pierre. Ich mache euch einen Vorschlag, ja? Nach dem Essen schlafe ich, wenn es nur irgendwie geht, immer eine Stunde. Dann bin ich am Abend frisch. Hier ist die Luft anders, hier werde ich sicher zwei Stunden nach dem Essen schlafen, vielleicht drei. Dann ist es schon spät am Nachmittag. Wenn es nach mir ginge – und nur wenn es dir recht ist, *darling* –, würde ich dann vor dem Essen ein wenig spielen … und nach dem Essen auch … Warum tut ihr zwei euch nicht zusammen, und Pierre zeigt dir alle Sehenswürdigkeiten der Gegend, während ich schlafe und mein Spielchen mache? Und wir treffen uns gegen neun hier im Saal, da drüben gibt es auch ein Restaurant, wir könnten im Saal essen … was meint ihr?«

Mrs. Collins küßte ihren Mann auf die Wange. »Alles, wie du willst, Schatz. Natürlich sollst du dich nicht langweilen, und du sollst nur tun, was du willst. Ich möchte so gerne die Bilder und Kunstwerke und Kirchen und Museen sehen ... Und wenn Monsieur Mondragon Zeit hat ...«

»Pierre auch für Sie, bitte!«

»... und wenn Pierre Zeit hat, dann halten wir es so, wie du es vorgeschlagen hast, Erskine, *darling.*« Mrs. Collins holte ein Päckchen Zigaretten aus ihrer Handtasche. Die Finger berührten dabei das kleine Bild des Mandelbäumchens.

Sie hielten es wirklich so, und sie waren sehr glücklich.
Mr. Collins schlief drei, manchmal vier Stunden nach dem Essen und ging dann sein Spielchen machen, und Mondragon fuhr in seinem alten, verbeulten Wagen mit Mrs. Collins tatsächlich nach Vallauris und Antibes und zu anderen Sehenswürdigkeiten, immer aber bald nach Saint-Paul-de-Vence. Hier liebten sie einander auf dem breiten Bett in Mondragons kühlem Schlafzimmer. Oft war Maria, die Haushälterin, nicht da, und sie blieben ganz allein. Manchmal sah Mrs. Collins die ernste, stets in Schwarz gekleidete Frau, die so häßlich und so traurig wirkte. Sie wirkte nur so, hatte Pierre gesagt, sie sei es nicht, sie sei nur ungemein dumm.
Wenn sie später Mr. Collins zum Abendessen im PALM BEACH trafen, waren die drei Menschen stets bester Laune. Sie scherzten und lachten, und Mr. Collins bedankte sich wieder und wieder dafür, daß Mondragon sich so rührend um Mrs. Collins kümmerte. Mr. Collins gewann übrigens ständig.
»Wenn ich lange genug hierbleiben könnte, würde ich bei den Brüdern alles herausholen,

was mich der Schmuck von Alassian gekostet hat«, sagte Mr. Collins einmal. Da war er ziemlich betrunken, und die beiden anderen lächelten über seine harmlose Taktlosigkeit.

Der Zug raste durch die Nacht.

Mrs. Collins trank ihr Glas leer und hielt es mir hin. Ich füllte es wieder. Unglaublich, was diese Frau vertrug, dachte ich. Die zweite Flasche war fast leer, und ich hatte wenig davon getrunken. Es war fast Mitternacht.

»Die Zeit verging rasend schnell«, sagte Mrs. Collins. »Die vier Wochen waren um. Mein Mann mußte nach New York zurück. Ein letztes Mal war ich mit Pierre zusammen. Wir saßen in dem Zimmer mit dem Kamin und den vielen Hähnen, hielten uns an den Händen und nahmen Abschied voneinander. Pierre sagte, daß er mich niemals vergessen würde. Ich dachte mit Schrecken an ein Leben ohne ihn. ›Du mußt wiederkommen, Annabel Lee‹, sagte Pierre, ›bitte, komm wieder! Jedes Jahr. Jedes Jahr zweimal. Bitte! Und schreibe mir! Darf ich dir auch schreiben?‹ Ich gab ihm die Adresse einer Freundin, auf die ich mich stets verlassen konnte.«

Jetzt sprach Mrs. Collins sehr ernst: »Nur wenig Zeit blieb uns, so wenig Zeit. Wir saßen da und sahen einander an, und dann mußten wir ins PALM BEACH zu meinem Mann, und wir mußten fröhlich und guter Dinge sein, damit er

keinen Verdacht schöpfte. Pierre hatte mit mir verabredet, daß er zuerst heimfahren würde; es war leichter für uns beide. Zum Abschied küßte er mich auf beide Wangen, dann ging er schnell aus dem Saal. Er sah sich nicht mehr um.«
Sie schwieg und blickte die Wand vor sich an. Nach einer langen Pause sagte sie: »Wir flogen am nächsten Tag über Paris nach New York zurück. Mein Mann war begeistert von der Idee, alljährlich an die Côte d'Azur zu reisen. Es hatte ihm dort so gut gefallen – doch wir kamen niemals wieder.«
»Warum nicht?« fragte ich leise.
»Unmittelbar nach der Heimkehr traten bei meinem Mann Schwierigkeiten beim Gehen auf. Zuerst hinkte er mit dem rechten Bein, dann kamen die Schmerzen. Er suchte einen Arzt auf. Er suchte ein halbes Dutzend Ärzte auf. Endlich stand fest, was er hatte.«
»Was hatte er?«
»Amyotrophische Lateralsklerose«, sagte Mrs. Collins. »Dasselbe, was Onassis hatte. Muskelschwund. Eine besonders bösartige und unheilbare Form davon.« Sie trank das Glas leer und hielt es mir hin. Ich füllte es wieder.

»Ein Muskel nach dem anderen stirbt ab«, sagte Mrs. Collins. »Es gibt Pausen bei dieser fortschreitenden Erkrankung, aber sie werden immer kürzer. Die Krankheit kann sehr lange dauern, bis sie zum Tode führt. Bei Erskine hat sie elf Jahre gedauert.« Wieder schwieg Mrs. Collins lange. Dann sagte sie: »Während der ersten Jahre konnte mein Mann noch arbeiten, nur gehen konnte er schon bald nicht mehr. Er mußte in den Rollstuhl. Wir hatten natürlich Pfleger und Pflegerinnen und die besten Spezialisten. Und Erskine war sehr tapfer. Und gütig. Und selbstlos. Ein paarmal forderte er mich auf, ohne ihn an die Côte d'Azur zu fliegen, aber das lehnte ich ab. Das konnte ich einfach nicht tun.«

»Und Mondragon?«

Sie mußte mit ihren Gedanken weit weg gewesen sein, denn sie sah mich erstaunt an.

»Wie bitte?«

»Der Maler«, sagte ich. »Pierre Mondragon. Wußte er, warum Sie nicht mehr zu ihm kamen?«

»Oh, Pierre. Natürlich wußte er es. Er schrieb mir von Anbeginn. Als wir in New York ankamen, traf gleichzeitig sein erster Brief bei meiner Freundin ein. In ihm steckte eine Karte, auf die hatte er wieder ein Mandelbäumchen gemalt. Dazu gab es einen langen Liebesbrief – einen ganz wunderbaren, den ersten von vielen. Er hätte nicht Maler, er hätte Schriftsteller werden sollen«, sagte Mrs. Collins. »Wir korrespondierten regelmäßig, aber in großen Abständen, denn natürlich nahm mich die Erkrankung meines Mannes sehr in Anspruch – auch seelisch. Pierre verstand das, als ich ihm den Grund für meine langen Schreibpausen nannte.« Wieder trank Mrs. Collins. »Die Zeit verging … Monate … Jahre … Der Zustand Erskines wurde schlechter und schlechter. Nun waren die Briefe, die ich mit Pierre wechselte, mein einziger Trost. Einmal im Jahr schickte er mir ein neues Mandelbaumbildchen … jedes Jahr eines … Ich war so verzweifelt, daß es eine Weile dauerte, bis ich bemerkte, wie Pierre sich bemühte, seine eigene Verzweiflung zu verbergen.«

»Warum war *er* verzweifelt?«

»Das fragte ich ihn in einem Brief. Ist noch Champagner da?«

»Ein wenig.« Ich goß ihr Glas voll.

»Danke, Monsieur Royan. Pierre war verzweifelt – ich bekam es nur mit Mühe aus ihm heraus –, weil niemand seine Bilder mochte. Er malte und malte, und niemand kaufte. Er hatte Schulden. Er verlor einen Prozeß und hatte noch größere Schulden … Damals schickte ich ihm den ersten Scheck.«

»Sie haben ihm Geld geschickt?«

»Warum nicht? Er war der Mann, den ich liebte. Der Mann, der mich liebte. Er nahm den Scheck nicht an, er sandte ihn zurück. Ich schrieb einen neuen aus und schickte ihn ab. Diesmal nahm er an. Seitdem nahm er stets Geld von mir an, wenn er sehr in Not war …«

»War er oft in Not?« fragte ich.

»Er war vom Unglück verfolgt. Immer wieder passierte etwas ganz Schlimmes. Es ging ihm immer schlechter … so wie dem armen Erskine, der inzwischen kaum noch die Augenlider bewegen konnte.«

»Mrs. Collins, wieviel Geld haben Sie Mondragon geschickt?«

»Oh, ein paar tausend Dollar, fünf-, sechs-, siebentausend, ich weiß es nicht. In elf Jahren, bedenken Sie! Die letzten vier Jahre war Erskine in einer Spezialklinik, er konnte nicht mehr zu Hause gepflegt werden. Ich saß täglich bei ihm, stundenlang – bis zu seinem Tod.«

»Wann ist er gestorben?«

»Voriges Jahr am vierzehnten November. Vor einem halben Jahr. Ich werde Ihnen nicht erzählen, wie das Ende war.« Sie zog die Glanzstoffblende herab und schwieg. »Ich mußte in ein Sanatorium«, sagte sie dann. Mit einer eigenwilligen Bewegung warf sie den Kopf zurück. »Aber jetzt bin ich unterwegs zu Pierre. Vor zwei Monaten hat er mir zum letztenmal geschrieben. Er weiß nicht, daß ich komme. Es soll eine Überraschung werden. Und Erskine ... Ich habe schon so vieles vergessen, was an Schrecklichem geschah. Bei Pierre werde ich alles vergessen. Ich sagte Ihnen ja, ich habe ein neues Leben begonnen.«

»Und ich habe Ihnen Glück dazu gewünscht«, sagte ich, »und ich tue es noch einmal.«

»Danke, Monsieur Royan.« Sie gab mir ernst die Hand. Dann lächelte sie wieder. »Ich habe ein Zimmer im CARLTON reservieren lassen. Von dort werde ich Pierre anrufen und ihm sagen, daß ich zurückgekommen bin – für immer.«

»Sie wollen New York für immer verlassen?«
»Ja. Die Bank wird von Männern weitergeführt, die mein absolutes Vertrauen haben. Unsere große Wohnung habe ich schon aufgelöst, als Erskine ins Krankenhaus kam. Ich besitze nur noch ein kleines Penthouse. Ich denke, ich werde in Saint-Paul-de-Vence bleiben … oder wo immer Pierre zu bleiben wünscht. Er machte doch so viele Reisen … Ich werde ihn begleiten …« Sie gähnte.
Ich stand auf und klingelte.
Der kahlköpfige Schaffner erschien sofort.
»Bitte, räumen Sie die Flasche und die Gläser fort«, sagte ich und trat auf den Gang, um ihm Platz zu lassen. Er kam mit dem Tablett wieder aus Mrs. Collins' Abteil. »Was macht das?« fragte ich leise. Er nannte eine Summe. Ich drückte ihm einige Scheine in die Hand. Es war mehr, als der Champagner kostete, und er bedankte sich.
Mrs. Collins saß auf dem Bett und sah wieder die Wand vor sich an. Sie war jetzt ganz abwesend. Aber das Lächeln stand immer noch auf ihrem Gesicht.
Ich trat neben sie.

»Gute Nacht, Mrs. Collins. Schlafen Sie gut in Ihr neues Leben hinein.«

»O ja«, sagte sie. »Das will ich tun. Denken Sie doch: Ein paar Stunden nur – und ich bin bei ihm.«

Den Schlafwagenkorridor füllten nun Menschen, die aus ihren Abteilen getreten waren – die meisten noch nicht richtig angezogen. Sie alle sahen dem Schlosser zu, der den Sicherheitsbolzen an der einen Spaltbreit geöffneten Tür des Abteils von Mrs. Collins durchsägte. Der Schlosser war dick und trug einen blauen Monteuranzug. Er kniete vor der Tür. Neben ihm stand ein junger Arzt im weißen Kittel, und hinter diesem warteten zwei Feuerwehrleute. Es hatte eine Viertelstunde gedauert, bis alle gekommen waren.

Niemand sprach. Nur das widerlich schrille Kreischen der Säge, die durch das Eisen des Türbolzens drang, war zu hören. Ein paar Frauen trugen Morgenmäntel, die Männer Pyjamas oder Hosen und Unterhemden. Der junge Arzt hielt eine große schwarze Tasche. Zwischen den Feuerwehrleuten stand ein rotes Beatmungsgerät auf dem Teppich des Korridors. Es war nun heiß geworden in dem schmalen Gang.

Klack.

Der Schlosser hatte den Riegel durchgesägt. Er öffnete die Tür weit. Die Passagiere drängten neugierig vor.

»Gehen Sie zurück!« rief Emile, der kahlköpfige Schaffner. »Gehen Sie bitte zurück, meine Damen und Herren! Wir brauchen hier Platz. Bitte, gehen Sie zurück!« Er bat vergebens. Die Menschen drängten noch näher.
Der Arzt verschwand in dem dunklen Abteil. Einige Minuten war er nicht zu sehen. Wieder war es ganz still. Dann sagte der Arzt etwas, das ich nicht verstand. Die Feuerwehrleute hoben das Beatmungsgerät mit der Maske für Mund und Nase hoch und verschwanden gleichfalls in dem Abteil. Etwas später kam einer der beiden *pompiers* zurück und bahnte sich hastig einen Weg durch die Menschen. Ich sah ihn über den Bahnsteig laufen.
Der junge Arzt trat aus dem Abteil.
Ich fragte: »Ist sie …«
»Ja«, sagte der junge Arzt. Er sah sehr gut aus, ein dunkler, südländischer Typ mit schwarzem Haar und schwarzen Augen.
»Merde«, sagte der Schaffner.
»Herzversagen oder Infarkt«, sagte der junge Arzt. »Im Schlaf.«
»Aber sie war doch so fröhlich und hoffnungsvoll«, sagte ich idiotisch.

»Jeder Mensch kann jederzeit einen Infarkt bekommen und tot umfallen. Sie waren mit der Dame noch zusammen?«

»Lange«, sagte ich. »Sie erzählte mir eine Geschichte aus ihrem Leben.«

»Wohin wollte sie?«

»Nach Cannes«, sagte der Schaffner.

»Wird sie in Cannes erwartet?« Der junge Arzt sah mich an.

»Nein«, sagte ich. »Sie wollte im CARLTON absteigen. Nach elf Jahren kam sie zum erstenmal wieder an die Côte d'Azur.« Ich brach ab. Es widerstrebte mir, dem Arzt Mrs. Collins' Geschichte zu erzählen. Er wollte sie auch gar nicht hören. Kühl sagte er: »Sie muß hier aus dem Zug. Eine Autopsie wird nötig sein. Hat sie von Verwandten gesprochen?«

»Sie sprach von ihrem Mann. Der ist vor einem halben Jahr gestorben. Andere Verwandte erwähnte sie nicht. Ich glaube, sie hat keine.«

»Wir haben ihren Paß in der Handtasche gefunden«, sagte der Arzt. »Und wohin fahren *Sie?*«

»Auch nach Cannes. Ich habe da zu arbeiten. Ich werde im MAJESTIC wohnen.«

»Es kann sein, daß es noch Fragen gibt. Die Polizei wird dann versuchen, sie mit Ihrer Hilfe zu klären, Monsieur ...«

»Royan.« Ich gab ihm eine Visitenkarte.

»Danke.« Er steckte sie in die Brusttasche seines Kittels. »Seien Sie nicht ungehalten. Die Tote ist Ausländerin, und wir haben unsere Vorschriften und Gesetze.«

»Natürlich«, sagte ich, »Vorschriften und Gesetze.«

Der Feuerwehrmann, der fortgelaufen war, drängte sich durch die vielen Menschen zu uns durch. Er trug eine gefaltete Wolldecke von häßlicher grauer Farbe und verschwand in Mrs. Collins' Abteil. Sein Kollege kam mit dem Beatmungsgerät heraus. Er trug auch Mrs. Collins' großen schwarzen Koffer und stieß sich brutal seinen Weg den Gang entlang frei. Ich sah, wie er Koffer und Gerät auf den Bahnsteig stellte. Dann kehrte er schwitzend zurück und trat wieder in das Abteil.

Etwa drei Minuten später kamen die beiden Männer heraus. Gemeinsam trugen sie die tote Mrs. Collins, in die große graue Decke gerollt. Man sah nichts von ihrem Körper. Es erstaunte mich, wie klein Mrs. Collins im Tode war. Die

Deckenrolle schien so kurz. Und sie war doch eine große Frau gewesen.

Nun wichen alle Menschen in ihre Abteile zurück. Die Feuerwehrleute eilten mit der Leiche schnell und geschickt den Gang entlang, der eine hielt das Kopfende, der andere das Fußende von Mrs. Collins. Die Menschen kamen wieder auf den Gang. Wir sahen, daß ein dritter Feuerwehrmann eine Bahre mit kleinen Rädern aus dem Stationsgebäude herausrollte und neben dem Koffer auf dem Bahnsteig abstellte. Seine Kollegen erschienen mit der in der Wolldecke verborgenen Toten. Sie legten das Bündel auf die Bahre. Der Arzt ging, ohne ein Wort zu sagen. Gleich darauf erschien er bei den Männern auf dem Bahnsteig. Zwei von ihnen zündeten sich Zigaretten an. Einer spuckte auf den Boden und verrieb den Speichel mit seinem Stiefel. Sie warteten wahrscheinlich auf eine Ambulanz. Eine Lautsprecherstimme gab bekannt, daß unser Zug sofort abfahren würde.

Ich trat vor und sah in das Abteil, in dem Mrs. Collins gestorben war. Sie hatten die Blende vor dem Fenster natürlich hochgezogen, und das Abteil war von grellem Sonnenlicht erfüllt. Es roch nach Parfüm und Zigarettenrauch, aber nur schwach. Die Feuerwehrleute hatten Mrs. Collins' Kleider, Schuhe und Mantel offenbar in den großen Koffer gepackt, denn ich sah nur das leere, zerwühlte Bett. Dann fiel mein Blick auf die Mahagoniplatte des Waschtisches. Ich nahm das kleine Bild, das noch dort lag, und steckte es ein. Sie hatten es wohl übersehen. Der Zug ruckte und fuhr an. Ich trat auf den Gang und sah aus dem Fenster. Die Männer standen noch immer um die Bahre, auf der, in die häßliche Wolldecke verpackt, Mrs. Collins lag, und warteten. Jetzt rauchten alle. Noch einen Augenblick lang sah ich sie, dann hatte der Zug die Station verlassen. Er nahm Fahrt auf. Der Gang war leer. Auch ich ging in mein Abteil und sank auf das Bett. Ich fühlte mich plötzlich sehr müde. Mrs. Roberta Collins war tot.

Ich wusch mich und zog leichtere Kleidung an, denn es war inzwischen gräßlich heiß geworden. Der Zug fuhr nun sehr schnell. Wir hatten mehr als eine Stunde Verspätung. Ich nahm das kleine Bild aus der Jackentasche und packte meinen schweren Anzug und die Waschsachen in den Koffer. Dann setzte ich mich wie-

der und sah das Mandelbäumchen an, und ich las, was Pierre Mondragon auf die Rückseite geschrieben hatte. Das also war das Ende der Geschichte, dachte ich. Ein dummes Ende. So aber war das Leben. War das Leben wirklich so? überlegte ich und betrachtete wieder das Mandelbäumchen. War das wirklich das Ende der Geschichte?

Es klopfte, und der ältere Schaffner trat ein. Er brachte ein Tablett. »Entschuldigen Sie, Monsieur«, sagte der Schaffner Emile, »Sie bekommen Ihr Frühstück viel zu spät. Aber wir hatten doch dieses kleine Problem in Saint-Raphaël.«

In allen Farben leuchteten die Blumen in dem kreisrunden Beet bei der Auffahrt zum Hotel MAJESTIC. Links auf der großen Terrasse standen viele runde Tische und viele Stühle. Breite Sonnensegel waren herabgelassen. Vor der Terrasse lag ein Swimmingpool aus weißem Marmor. Alte Palmen und blühende Sträucher umgaben ihn. Ein paar Gäste schwammen, andere ruhten rund um den Pool in Liegestühlen. Ein sehr schönes blondes Mädchen in einem schwarzen, engen Badeanzug produzierte sich direkt vor dem Tisch, an dem ich mit Serge Gamma saß. Das sehr schöne Mädchen in dem engen Badeanzug schlug Rad, grätschte die Beine, ließ ihren Körper zur Brücke zurückfallen. Sie war braungebrannt.

Ich hatte das Hotel vor einer Stunde erreicht. Seit einer halben Stunde saß ich neben Serge Gamma. Der Produzent des Films, den ich »ausputzen« sollte, wie das im Jargon der Branche heißt, war über sechzig Jahre alt, klein, dick und grauhaarig. Er trug lächerliche Shorts und ein lächerliches buntes Hemd, auf dem man viele Papageien und Paradiesvögel sehen konnte. Das Hemd hatte er geöffnet. Die Haut seines

fetten Körpers war so weiß wie der Marmor des Pools.
»Sie haben große Chancen, Serge«, sagte ich.
Er trank verärgert einen Schluck Kamillentee. Er trank stets nur Kamillentee, sonst nichts. Er hatte Magengeschwüre. Er war seit mehr als vierzig Jahren in der Filmbranche.
»Dämliche Pische«, grunzte Gamma.
»Wunderschönes Mädchen«, sagte ich.
Das wunderschöne Mädchen versuchte einen Handstand. Dabei glitten beide Brüste aus dem Badeanzug. Das Mädchen hatte wunderschöne Brüste. Als sie wieder stand, verbarg sie die Brüste mit aufreizender Langsamkeit. Sie lächelte uns an.
»Will eine Rolle«, sagte Gamma. »Gestern waren drei von der Sorte da, als ich hier saß. Eine Rote, eine Blonde, eine Schwarze. Ich habe keine Rollen zu vergeben. Wenn Sie mir nicht helfen, bin ich bankrott. Das ist ein Sauberuf. Warum habe ich keinen Puff? Da hätte ich Rollen für alle Pischen. Und keine Sorgen. Ein glücklicher Mensch wäre ich, wenn ich einen Puff hätte. Aber nein, ich muß Filme machen. Mit Genies wie Torrini. Gott verfluche Torrini!«

»Sie verfluchen ihn, seit ich angekommen bin«, sagte ich. »Das wird langweilig, Serge. Ich denke, wir sind in Eile. Erzählen Sie mir, was passiert ist.«

Das sehr schöne Mädchen legte sich vor uns ins Gras und spreizte die Beine. Der Badeanzug war knapp. Das war keine echte Blondine. Na, Gamma erzählte, was passiert war. Er gehörte noch zu den alten, guten Produzenten, die schon fast ausgestorben sind. Er war ehrenhaft und klug. Er liebte seinen Beruf. Er wollte künstlerisch hochwertige Filme machen. Darum hatte er Magengeschwüre.

Der Film, den er hier drehte, war eine französisch-italienische Coproduktion. Das war nichts Seltenes. Italiener und Franzosen arbeiten gerne zusammen. Luigi Torrini war einer der berühmtesten Regisseure Europas. Er hatte ein Dutzend anerkannter Meisterwerke geschaffen. Er war genial und bösartig. Schon lange gab es niemanden mehr, der ihm zu widersprechen wagte, wenn er seiner Lieblingsbeschäftigung nachging. Seine Lieblingsbeschäftigung war, ein tadelloses Drehbuch, das ein hervorragender Autor – oft nach einem hervorragenden Roman – verfaßt

hatte, während der Dreharbeiten zu verändern, manchmal mehr, manchmal weniger. Diesmal hatte er es so weit verändert, daß sich die Schauspieler – und es waren sehr große darunter – weigerten, weiterzuarbeiten, weil es Torrini gelungen war, die Handlung absolut unlogisch zu machen, und daß die Cutterin mit einem Nervenzusammenbruch in einem nahen Sanatorium lag, weil sie sich in diesem Filmsalat einfach nicht mehr zurechtgefunden hatte. Dabei war strenge Logik die Hauptbedingung bei jenem sozialkritischen Kriminalfilm, der den Titel »Amok« trug.

»Der alte Drecksack hat sich in die ...«, Serge Gamma nannte einen Namen, der in der ganzen Welt bekannt war, »verliebt, der impotente, dämliche Narr. Hals über Kopf. Dauernd fielen ihm neue Szenen für sie ein. Zuerst funktionierte das noch halbwegs; ich ließ mir vom Produktionsleiter täglich abends nach Paris berichten. Dann verlor Torrini völlig den Verstand und änderte derart verrückt, daß die ...« er, nannte den Namen wieder, »jetzt die psychopathische Sado-Maso-Karikatur einer Mörderin ist. Sie soll aber die große Liebende sein. Ich sage Ihnen, Roger, ich bin pleite, wenn Sie mir nicht helfen können. Sie sind der einzige, der es vielleicht kann. Das wußte ich sofort, als ich vor vier Tagen heruntergekommen war und die *rushes* angesehen hatte.«

Rushes sind kurze Szenenmuster einer Kameraeinstellung. Aus sehr vielen *rushes* wird dann ein Film montiert. Torrini hatte »Amok« unmontierbar gemacht. Ich kannte die Cutterin. Lillian Lang hieß sie, eine der besten Schnittmeisterinnen, die es in Frankreich gab. Jetzt lag sie, vollgestopft mit Sedativen, in diesem Sanatorium und schlief. Das wunderschöne Mädchen vor uns drehte sich auf den Bauch. Es zeigte uns einen wunderschönen Hintern. Wirklich, einen Prachthintern.

»Na?« fragte ich.

»Hören Sie auf, verflucht, Roger!« sagte Gamma und trank wieder einen Schluck Kamillentee.

»Und wo ist der Meister?« fragte ich.

»In Rom. Püh-beleidigt abgeflogen. Arbeitet nicht weiter, wenn man ihm nicht jede Freiheit läßt.«

»Fein«, sagte ich.

»Das ist nur heiße Luft«, sagte Gamma. »Er

weiß so gut wie ich, was in seinem Vertrag steht. Wenn Sie das Script mit Gottes gütiger Hilfe ausgeputzt haben – ach was, ausgeputzt, Sie müssen sich eine neue Story einfallen lassen, Roger, eine ganz neue Story, von der die Hälfte schon abgedreht ist, mein Gott! Wenn Sie das hinkriegen, dann inszeniert es Torrini exakt bis auf den letzten I-Punkt, sonst kriegt er eine Konventionalstrafe, die ihn ruiniert. Vorläufig bin freilich ich viel näher am Ruin als er. Alles hängt von Ihnen ab, Roger.« Er sah mich mit seinen feuchten Hundeaugen an.

»Nicht verzagen, Royan fragen«, sagte ich. »Vor fünf Jahren, als Jacques Couton da in der Umgebung von Saint-Raphaël für Sie ›Dieses verfluchte Leben‹ drehte, hatten Sie doch das gleiche Theater. Wer hat Ihnen aus der Scheiße geholfen? Ich bin heute durch Saint-Raphaël gefahren. Da ist es mir wieder eingefallen.«

Das wunderschöne Mädchen war aufgestanden und kam mit wiegenden Hüften auf uns zu.

»Verzeihung, haben Sie Feuer?«

Sie hielt eine Zigarette in der Hand.

»Zischen Sie ab!« sagte Gamma grob. »Na los, wird's bald?«

Das wunderschöne Mädchen verschwand beleidigt.
»Und ist ›Dieses verfluchte Leben‹ nicht ein Welterfolg geworden?« fragte ich.
»Und haben Sie sich nicht für ein paar Tage Arbeit eine goldene Nase verdient?« fragte er.
»Das werde ich wieder tun, Serge. Das ist Ihnen doch klar.«
Er ächzte. »Sie haben mich in der Hand, ich weiß. Was verlangen Sie?«
»Kann ich erst sagen, wenn ich überblicke, wie schwer die Arbeit ist, wenn ich die *rushes* gesehen habe. Eines muß gleich klar sein: Ich werde nicht als Autor oder Mitautor im Vorspann oder in der Reklame genannt! Sie halten den Mund darüber, daß ich hier ausputze – und alle anderen auch. *Okay?*«
»*Okay*«, brummte er. »Was haben Sie eigentlich gegen eine Namensnennung, Roger? Bei dem, was Sie sonst schreiben ...«
»Eben«, sagte ich. »Jemand schwätzt, sagt, was ich sonst so schreibe. Es könnte den Heftchen schaden. Meine Leser haben einen heiligen Bammel vor hoher Kunst. Wann kann ich die *rushes* sehen?«

»Jederzeit.«

»Wo?«

»In den Victorin-Studios in Nizza.«

»Na, dann nix wie hin!« sagte ich und stand auf.

Gamma wälzte sich aus seinem Stuhl.

»Sie sind das einzig Gute in unserem Scheißgewerbe, Roger«, sagte er.

An diesem Nachmittag sah ich mir mit Serge Gamma fünf Stunden lang alles an, was Torrini bisher gedreht hatte und was kopiert worden war. Der Vorführraum der Victorin-Studios, in dem wir saßen, war zum Glück klimatisiert.
Während ich mir alle *rushes* ansah, machte ich mir schon Notizen, denn sehr bald hatte ich eine Idee gehabt. Eine gute Idee. Das war immer so. Deshalb hatte ich meinen seltsamen Beruf. Was Torrini da an Irrsinn heruntergekurbelt hatte – auch noch mit sehr vielen Statisten und in sündteuren Dekorationen –, war schon ein starkes Stück. Arme Lillian Lang! Ich hätte als Cutter auch einen Nervenzusammenbruch bekommen.
Nachdem die letzten *rushes* gelaufen waren und es hell im Vorführraum wurde, fragte Gamma mit sehr kleiner Stimme: »Glauben Sie, Sie können das in Ordnung bringen?«
»Ja«, sagte ich. »Ich habe genau aufgepaßt. Zum Glück ist bei den vielen *two-shots*, die Torrini so liebt, sehr oft einer der beiden Darsteller nur mit dem Hinterkopf zu sehen. Ich kann ihm also nach Belieben neue Dialoge in

den Mund legen. Den Partner, den man von vorne sieht, kann man nachsynchronisieren. Und oft sind die Schauspieler so weit weg von der Kamera, daß man sie jeden neuen Dialog sprechen lassen darf, ohne daß es auffällt.«

»Ja, ja, ja. Und wie schaut die Geschichte aus, die ausgeputzte Geschichte? Wissen Sie das auch schon?«

»Weiß ich auch schon. Noch nicht genau natürlich. Nur in Umrissen.«

Ich erzählte ihm meine Idee.

Danach begann er zu weinen. Er stand auf, packte mich an den Ohren und gab mir sehr feuchte Küsse auf die Wangen, die Stirn und den Mund.

Ich wischte mir den Mund ab und sagte ihm, was dieses Stück Arbeit kosten würde.

Er setzte sich wieder und bewegte sinnlos die Füße hin und her.

»Sie haben mich in der Hand«, sagte er. »Sie haben mich in der Hand, und Sie wissen es.«

»Die Hälfte gleich, die Hälfte, wenn ich fertig bin.«

»Wann werden Sie fertig sein, Roger? Jeder Tag, den wir stehen, kostet mich ...«

»Fünf Tage. Von morgen an. Heute bin ich zu müde. Und ich muß mir alles auch noch einmal genau überlegen.«

»Also gut, fünf Tage. Ab morgen.« Er stand auf und wollte zum Ausgang.

»Sie haben etwas vergessen«, sagte ich.

»Was habe ich vergessen?«

»Den Scheck mit der ersten Rate.«

Er verfluchte mich, während er sich hinsetzte und einen Scheck ausschrieb. Ich verdiente hier endlich wieder einmal einen Haufen Geld. Das war ein Schluck aus der Pulle.

»Da«, sagte er.

»Danke, Serge«, sagte ich und steckte den Scheck in die kleine Ledertasche, die ich bei mir trug. Alle Männer hier unten im Süden besaßen solche Taschen. Ich hatte mich im Hotel noch einmal umgezogen: Leinenhose, darüber ein Hemd, Slipper. Den ganzen Tag verfolgte mich ein Gedanke, auch während der Stunden, in denen ich die *rushes* sah. Ich sagte: »Hören Sie, Serge, fahren Sie allein zurück nach Cannes! Ich komme nach.«

»Was wollen Sie denn tun? Haben Sie eine Freundin hier?«

»Nein«, sagte ich. »Ich möchte noch ein bißchen mehr herausbekommen über die Geschichte.« Aber ich meinte nicht den Torrini-Film, dieses Meisterwerk. Ich meinte eine andere Geschichte. »Ich muß jetzt allein sein. Das MAJESTIC ist voller Filmleute. Ich kann sie nicht sehen. Lassen Sie mich allein, Serge! Ich werde mit einem Taxi zurückkommen. In zwei, drei Stunden. *Okay?*«

»*Okay.*« Während wir die Vorführung verließen, sagte er noch: »Wenn ich etwas Anständiges gelernt hätte, wäre ich nicht in diesem Hurengewerbe gelandet.«

Sein Cadillac parkte auf dem Gelände. Ich half ihm beim Einsteigen und winkte dem Wagen nach, als er losfuhr. Dann ging ich auf die Straße hinaus zum nächsten Taxistand. Die Fahrer standen beisammen und unterhielten sich.

»Wer ist der erste?« fragte ich.

»Ich.« Ein hagerer, sonnenverbrannter Mann trat vor. Sein Gesicht war gegerbt und zerfurcht wie das Gesicht eines Fischers vom Meerwasser.

»Nach Saint-Paul-de-Vence«, sagte ich. »Dort müssen Sie auf mich warten. Eine Stunde, höchstens zwei. Vielleicht auch nur eine halbe. Dann fahren wir nach Cannes. Wollen Sie warten?«

»Solange Sie wünschen«, sagte der Chauffeur. »Es ist Ihr Geld, Monsieur.«

Alles war genau so, wie Mrs. Collins es geschildert hatte.

Da gab es die Olivenhaine, die vielen Palmen, die erhaltene Stadtmauer. Da war die alte Kirche, da war der Platz mit dem großen Olivenbaum. Männer mit Baskenmützen spielten *boule* im roten Sand. Da war die für Autos zu schmale Straße mit ihren uralten Häusern, da waren die aus unebenen, großen Steinen erbauten, schiefen und krummen Außenmauern.

»Hier kann ich nicht rein«, sagte mein Chauffeur.

»Ich weiß. Bleiben Sie stehen! Und wie gesagt, es kann eine Weile dauern. Soll ich bezahlen, was es bisher kostet?«

»Nicht nötig«, sagte er. »Sie sehen nicht aus wie ein Schweinehund.«

Ich ging die Straße mit dem Katzenkopfpflaster hinauf und rutschte immer wieder aus. Es war schwierig, nicht hinzufallen. Am besten ging man hier wirklich bloßfüßig.

Dann stand ich vor dem Haus, das Mrs. Collins mir so anschaulich beschrieben hatte. Es dämmerte bereits stark. Das Haustor war offen. Ich trat ein und befand mich in der riesigen, weißgetünchten Halle. Steinstatuen von Männern und Frauen, denen Arme, Beine und ein Kopf fehlten, standen da. Hier war die überbreite Treppe, welche entlang der Mauern zu verschiedenen Absätzen führte, von welchen aus sich Türen öffneten. Alles war noch genau so, wie Mrs. Collins es vor elf Jahren zum letztenmal gesehen hatte.

Ich stieg die grauen, ausgetretenen Stufen empor, während ich laut »Hallo!« rief. Auf dem dritten Absatz öffnete sich eine Tür. Eine Frau in schwarzem Kittel und mit nackten Füßen trat heraus. Sie sah sehr häßlich aus. Ihr Alter ließ sich nicht schätzen. Das schwarze Haar hing in die Stirn, die Füße waren schmutzig. Ich dachte an Mrs. Collins, die gesagt hatte, es sei etwas Tragisches an dieser Frau gewesen und man habe gleich erkannt, daß sie einmal sehr schön gewesen sein mußte. Wann? Mrs. Collins hatte sie vor elf Jahren gesehen ...

»Guten Abend, Madame«, sagte ich. Das also war Maria, die Haushälterin.

»Guten Abend, Monsieur. Sie wünschen?«

»Mein Name ist Royan, Roger Royan. Ich weiß, ich hätte mich anmelden müssen – aber

ist es wohl möglich, daß ich Monsieur Mondragon spreche?«
Sie öffnete die Tür weiter, ohne zu antworten, und ging. Ich folgte ihr. Da war der Raum mit den antiken Möbeln und den vielen Elefanten aus allen möglichen Materialien. Da war der Raum mit der Puppensammlung. Die Haushälterin Maria ging vor mir her über den uralten Steinboden, und auch hier war alles genau so wie zur Zeit von Mrs. Collins, die jetzt wahrscheinlich in einem Eisfach der Morgue von Saint-Raphaël lag, wenn man sie noch nicht aufgeschnitten und wieder zugenäht und in einen Zinnsarg gelegt hatte. Da war der Raum mit dem Kamin und den vielen Hähnen.
Die Haushälterin drehte das Licht einer Stehlampe an.
»Bitte, nehmen Sie Platz, Monsieur«, sagte sie.
»Danke, Madame.« Ich ließ mich in ein Fauteuil fallen. Zu meinem Erstaunen setzte sie sich in ein anderes Fauteuil, dem meinen gegenüber.
»Ja, also bitte?« sagte sie.
»Entschuldigen Sie, Madame, aber ich möchte mit Monsieur Mondragon sprechen ... Ich habe Ihnen das doch gesagt, nicht wahr ...« Ich kam

ins Stottern. »Haben Sie mich nicht verstanden?«

»Ich habe Sie sehr gut verstanden, Monsieur Royan«, sagte die Frau in Schwarz. »Sie können Monsieur Mondragon leider nicht sprechen.«

»Wieso? Ist er nicht da?«

»Nein«, sagte die Frau in Schwarz. »Er ist nicht da.«

»Darf ich auf ihn warten?«

»Ich fürchte, das wäre sinnlos, Monsieur Royan.«

»Wieso sinnlos? Macht er etwa eine große Reise?«

»Vielleicht könnte man das so formulieren«, sagte sie.

Ich wurde nervös. »Aber irgendwann muß er doch wieder nach Hause kommen, Madame! Schreibt er Ihnen denn nicht? Stehen Sie nicht in Verbindung mit ihm?«

»Nicht mehr, Monsieur Royan«, sagte die Frau in Schwarz und bewegte die schmutzigen nackten Füße. »Er wird auch nie wieder nach Hause kommen.«

»Das verstehe ich nicht ... Wie können Sie so etwas sagen, Madame?«

Statt zu antworten, stellte sie eine Gegenfrage. »Wer sind Sie, Monsieur Royan? Ich meine, was für einen Beruf haben Sie?«

»Schriftsteller.«

»Sie schreiben Geschichten?«

»Ja, Madame.«

»Auch wahre Geschichten?«

»Auch wahre Geschichten, ja. Wenn es sich ergibt.«

»Ich verstehe.«

Sie sah mich ernst an.

»Madame, *wo ist* Monsieur Mondragon?«

»Auf dem Friedhof«, sagte sie still. »Auf dem Friedhof von Saint-Paul-de-Vence.«

Ich schluckte.

»Er starb vor zwei Jahren«, sagte sie. »Im März 1981. Lungenkrebs. Er war zuvor lange in einer Klinik in Nizza. Ich habe ihn dann hierher bringen und auf dem Friedhof beisetzen lassen.«

»Aber das ist doch unmöglich …« Nun war ich sehr verwirrt.

»Wieso ist das unmöglich?«

»Mrs. Collins … eine amerikanische Dame … Sie hat vor zwei Monaten noch einen Brief von ihm bekommen!« rief ich.

»Nun, das ist trotzdem durchaus möglich«, sagte die Frau in Schwarz.

»Ich bitte Sie! Ein Toter kann doch keine Briefe schreiben!«

»Natürlich nicht. Er hat aber andere Möglichkeiten. Manchmal.«

Ich stand auf und fragte: »Wer sind Sie?«

Sie antwortete ruhig: »Ich bin seine Frau, Monsieur Royan. Ich war siebenunddreißig Jahre mit ihm verheiratet. Ich werde immer seine Frau bleiben, auch wenn er tot ist.«

Ich setzte mich wieder.

Draußen war es ganz dunkel geworden.

Sie sagte: »Sie sind erstaunt. Viele Menschen, die meinen Mann kannten, wären erstaunt zu hören, daß er so lange mit mir verheiratet gewesen ist. Nur die Leute hier im Ort wissen es. Aber sie sprechen nicht darüber mit Fremden. Das haben sie nie getan. Sie wollten uns keine Schwierigkeiten bereiten.«

»Schwierigkeiten?«

»Oder das Geschäft stören.« Sie lächelte, und ich sah ihre schadhaften Zähne. »Ich bin einmal sehr schön gewesen, Monsieur. Sie werden das nicht glauben.«

»O doch, gewiß …«

»Sie sind höflich. Aber Sie glauben es nicht. Und doch ist es so. Ein schönes junges Mädchen war ich, als ich Pierre heiratete, gerade achtzehn Jahre alt geworden. Die Leute im Dorf wissen es alle. Und in Nizza weiß es Monsieur Reuben Alassian.«

»Reuben Alassian?«

»Dieser Juwelier.«

»Der lebt noch?«

»Gewiß. Er ist weit über achtzig, aber immer noch sehr rüstig. Kennen Sie Monsieur Alassian?«

»Mrs. Collins erzählte mir von diesem armenischen Herrn.«

»Ich verstehe. Monsieur Alassian hat Pierre das Angebot gemacht. Das ist auch schon wieder zweiundzwanzig Jahre her …«

»Angebot? Was für ein Angebot?«

»Gleich, Monsieur Royan, gleich! Zuerst möchte ich doch wissen, warum Sie hergekommen sind und warum Sie meinen Mann sprechen wollten. Sie erwähnten den Namen einer Dame …«

»Mrs. Collins.«

»Ach ja. Collins.« Wieder lächelte sie.

»Sie erinnern sich an sie?«

»Natürlich. Ich habe ein ausgezeichnetes Gedächtnis. Ich erinnere mich an alle Damen, die hierhergekommen sind. Besonders gut erinnere ich mich an Mrs. Collins. Mein Mann hat ihr doch erst vor zwei Monaten einen Brief geschrieben, nicht wahr? Das heißt, zur Post gebracht habe *ich* ihn natürlich. Ein Toter kann keine Briefe mehr zur Post bringen. Woher kennen Sie Mrs. Collins, Monsieur Royan? Leben Sie in New York?«

»Nein, in Paris.«

»Und wo haben Sie Mrs. Collins kennengelernt?«

»Im *Train bleu*«, sagte ich. »Heute nacht.«

Sie hob den Kopf. »Mrs. Collins war im *Train bleu?*«

»Das sage ich doch, Madame … Madame Mondragon.«

»Aber was tat sie da? Wieso war sie im ›Blauen Zug‹?«

»Sie wollte hierherkommen und für immer mit Ihrem Mann zusammenleben«, sagte ich.

Danach erzählte ich von meinem nächtlichen

Gespräch. Madame Mondragon hörte mit ausdruckslosem Gesicht zu. Als ich geendet hatte, öffnete ich die kleine Ledertasche und nahm die Karte mit dem Bildchen und der Schrift Pierre Mondragons heraus – gleichsam als Beweis dafür, daß ich die Wahrheit erzählt hatte.

»Ach«, sagte Maria Mondragon, »eines seiner Mandelbäumchen!« Sie nahm mir die Karte ab und drehte sie um. »Und Annabel Lee, die schöne Annabel Lee.«

»Was meinen Sie mit: *eines* seiner Mandelbäumchen?« fragte ich. »Wie viele hat er denn gemalt?«

Die Frau im schwarzen Kittel stand auf und ging zu einem Schrank, den sie öffnete. Farbtiegel und viele Fläschchen standen da auf Regalbrettern. Links erblickte ich in zwei Stapeln Karten von der Größe jener, die ich bei mir trug. Sie waren ordentlich geschichtet, eine über die andere, und es waren gewiß mehr als zweihundert.

»Da«, sagte die Frau in Schwarz, »sehen Sie, wie viele Mandelbäumchen Pierre gemalt hat!« Sie lachte und hustete. »Viele«, sagte sie, »so viele.« Sie lachte wieder. »Verschiedene Mandelbäumchen. Fünf Typen, Monsieur Royan. Es gibt da Schablonen. Man legt sie auf eine Karte und überstreicht sie mit Farbe ... Eine Schablone für die Äste ... eine für die Blätter ... eine für die Blüten ... Er konnte doch nicht malen, mein armer Pierre ... Da sah er einmal in Nizza so ein Mandelbäumchen, gemalt mit diesen Schablonen. In einem Geschäft für Kinderspielzeug war das. Jedes Kind kann mit diesen Schablonen schöne Mandelbäumchen malen. Ich war an jenem Tag dabei und hatte die Idee ...«

»Welche Idee?«

»Nun, er hatte doch schon das Angebot von Monsieur Alassian angenommen, und da sagte ich ihm, daß mir ein großartiger Einfall gekommen sei mit diesen Mandelbäumchen ... Sie sind wirklich bezaubernd, jeder muß sie gern haben... Ich weiß noch, wie wir zusammen Schablonen und Wasserfarben kauften ...« Sie stockte in ihrer Anwandlung von Heiterkeit und fragte ernst: »Wenn Mrs. Collins nichts vom Tod meines Mannes wußte und mit ihm leben wollte, warum ist sie dann nicht hier?«

»Das habe ich Ihnen noch nicht erzählt, Madame. Mrs. Collins starb heute nacht im *Train*

bleu, während sie schlief. Herzversagen. Oder Herzinfarkt. Sie haben den Leichnam in Saint-Raphaël aus dem Zug geholt.«

Madame Mondragon nickte bedächtig. »Es scheint ihn also doch zu geben.«

»Wen?«

»Gott«, sagte sie. »Er hat der armen Mrs. Collins großen Kummer erspart und sie glücklich sein lassen bis zu ihrem Tod.« Sie schloß den Schrank und setzte sich wieder. »Natürlich liebte sie meinen Mann. Alle diese Damen liebten meinen Mann. Es ist wahr, er konnte nicht malen. Er war dumm, wissen Sie, Monsieur Royan, schrecklich dumm. Er konnte eigentlich überhaupt nichts. Nur eines: Er konnte eine Frau glücklich machen. Das beeindruckte den Juwelier Alassian außerordentlich, als er einmal durch Zufall erfuhr, wie glücklich *ich* war. Monsieur Alassian ist ein sehr kluger Mann. Weil er sehr klug ist, machte er meinem Mann dieses Angebot.«

»Welches Angebot, verflucht? Ich bitte um Verzeihung.«

Madame Mondragon deutete durch eine Handbewegung an, daß sie mir verzieh. »Ganz einfach. ›Sie sind ein Frauentyp‹, sagte Monsieur Alassian zu Pierre. ›Die Frauen fliegen auf Sie. Ich kaufe Ihnen einen Smoking, meinetwegen zwei, dazu Schuhe, Socken und Hemden, was Sie brauchen, um sich für eine Gala anzuziehen. Ich kenne sehr viele Menschen hier an der Côte, ich bin oft zu ihren Galas eingeladen. Ich werde dafür sorgen, daß auch Sie zu vielen Galas eingeladen werden – zu solchen mit sehr reichen Leuten!‹«

»Sie wollen sagen ...«

»Bitte, unterbrechen Sie mich nicht, Monsieur Royan! Ich erzähle Ihnen doch ohnedies alles. ›Ich‹, sagte Monsieur Alassian, ›werde Ihre Aufmerksamkeit dann immer auf eine bestimmte Dame lenken. Sie machen ihr den Hof. Sie werden mit ihr flirten, mit ihr tanzen, ihr sagen, wie hinreißend sie ist, daß Sie sich in sie verliebt haben, ein *coup de foudre*, nicht wahr, und so weiter und so weiter. Sie wissen, wie man das macht. Sie verabreden sich mit der Dame. Es wird eine verheiratete Dame sein. Sie schlafen mit ihr. Sie machen sie glücklich. Sie tun alles das, was Ihre kleine Frau so an Ihnen schätzt. Dann schauen Sie sich mit der verheirateten

Dame oder ihrem Ehemann den Schmuck in meinem Geschäft an. Sie als Maler werden immer wissen, was zu der Dame am besten passen würde …‹ Muß ich noch weitersprechen, Monsieur Royan?«

»Nein«, sagte ich. »Das genügt. Den Rest erledigten dann Monsieur Alassian und der Ehemann der Dame. Der kaufte den Schmuck, den sie sich wünschte. Oder er überraschte sie damit an einem persönlichen Festtag. So war das, Madame, ja?«

»Genau so, Monsieur.«

»Und Sie?«

»Was, ich?«

»Ich meine, waren *Sie* mit dem Angebot des Monsieur Alassian einverstanden? Sie sind doch Monsieur Mondragons Frau gewesen. Sie haben ihn geliebt …«

»Ich liebe ihn noch. Ich werde ihn immer lieben«, sagte sie.

»Nun eben. War die Vorstellung, daß Ihr Mann das Angebot von Monsieur Alassian annehmen würde, überhaupt erträglich?«

»Ich verstehe Sie nicht …«

»Herrgott! Er sollte mit anderen Frauen schlafen. Waren Sie denn nicht außer sich vor Eifersucht.«

»Wir waren sehr arm, Monsieur Royan«, sagte sie ernst. »Und Pierre konnte doch nichts – außer lieben. Ich wußte, diese Frauen zu lieben sollte sein Beruf sein. Das hatte überhaupt nichts mit *unserer* Liebe zu tun. Aber wir bekamen endlich Geld, um zu leben. Das müssen Sie doch verstehen, Monsieur Royan!«

Ich dachte, was für ein seltsamer Mensch Madame Mondragon war. Ich dachte daran, daß sie einmal so schön gewesen sein soll und nun so häßlich aussah. Ich dachte an die Tragik, die sie beständig umgab, auch jetzt, auch wenn sie lächelte. Nein, dachte ich, diese Frau war nicht einverstanden gewesen mit dem Vorschlag des Juweliers Alassian, ganz gewiß nicht. Und dennoch hatte sie ihn akzeptiert. War die Liebe zu ihrem Mann so übergroß? Was für eine seltsame Frau.

Ich fragte grob: »Arbeitete Ihr Mann für ein festes Gehalt, oder bekam er Prozente?«

Sie war überhaupt nicht beleidigt.

»Selbstverständlich Prozente! Natürlich gefielen ihm immer die teuersten Stücke bei Monsieur

Alassian am besten. Oh, das Brillanten-Set für Mrs. Collins«, sie klatschte in die Hände wie ein Kind, »welch ein Glücksfall für uns! So etwas kam niemals wieder.«

»Und Ihr Mann hat auf diese Weise zweiundzwanzig Jahre lang für den Juwelier Alassian aus Nizza gearbeitet?« fragte ich.

»Zwanzig Jahre lang, Monsieur. Seit zwei Jahren arbeitete er nicht mehr. Die vielen Damen, die er glücklich gemacht hat ... Er war ja so bemüht, so gewissenhaft ...«

»Das waren lauter Ausländerinnen?«

»Ja. Amerikanerinnen, Engländerinnen, viele Deutsche, Damen aus Dänemark, Schweden, Japan, Kanada, Australien ... Monsieur Alassian hat meinem Mann sehr viel zu verdanken ... seine größten Verkäufe! Zu denken, daß ...« Sie brach ab.

»Zu denken, was?«

Sie schüttelte den Kopf.

»Später, Monsieur Royan. Der Reihe nach. Wir haben gut gelebt, mein Mann und ich. Es kam ja immer noch das Geld aus der Korrespondenz dazu.«

»Sie meinen«, sagte ich, »Ihr Mann hat mit

allen diesen Frauen Briefe gewechselt, und sie haben ihn alle finanziell unterstützt?«

Madame Mondragon nickte. »Mit zwei, drei Ausnahmen alle! Was glauben Sie, was hier Schecks ins Haus kamen, aus welchen Ländern, auf welche Banken ... Die Côte d'Azur ist international, die Klientel von Monsieur Alassian auch ...«

»Es waren ja, wie ich von Mrs. Collins hörte, ans Herz gehende, zu Tränen rührende Briefe ... die schönsten Liebesbriefe der Welt.«

»So ein Kompliment zu hören tut mir natürlich gut.«

»Wieso Ihnen?«

»Ach Gott!« Sie warf eine Hand hoch. »Weil ich doch alle diese Briefe geschrieben habe!«

Ich holte Atem.

»*Sie* haben alle diese Liebesbriefe geschrieben?«

»Die schönsten Liebesbriefe der Welt, denke ich.«

»Das waren *Sie*?«

»Nun, natürlich!« Sie lachte. »Ich sagte Ihnen doch, Pierre war leider so entsetzlich dumm. Er hätte das niemals fertiggebracht, niemals! Nein, nein, das mußte schon ich tun. Jeder der Damen

ein Bild mit dem Mandelbäumchen schenken und den Vers von Poe auf die Rückseite schreiben, das brachte er gerade noch fertig, mein geliebter Pierre.« Sie setzte hinzu: »Ich konnte seine Schrift täuschend ähnlich nachahmen, wissen Sie?«

»Aber in welchen Sprachen schrieben Sie? Bei so vielen Nationalitäten?«

»Immer nur Englisch. Alle Damen verstanden Englisch. In Abständen legte ich das Bild eines Mandelbäumchens dazu – bei manchen Damen einmal im Jahr, bei manchen zweimal. Ich habe Pierre immer angehalten, einen Vorrat zu schaffen.« Sie sah zu dem Schrank.

»Noch in der Klinik, als es ihm schon *sehr* schlecht ging, hat er Mandelbäumchen gemalt, viele ... bis er den Pinsel nicht mehr halten konnte.« Sie fragte: »Haben Sie ein Taschentuch?«

Ich gab ihr eins. Sie blies donnernd hinein und wischte sich dann über die Augen.

»Pierre ist erst seit zwei Jahren tot ... Das ist eine kurze Zeit, Monsieur, eine kurze Zeit. Ich muß immer noch weinen, wenn ich von ihm spreche. Verzeihen Sie!«

»Aber bitte«, sagte ich. »Das versteht doch jeder Mensch.«

»Der Vers ist schön, nicht wahr?« fragte sie scheu.

»Sie meinen: ›Weder die Engel des Himmels, noch die Teufel tief unter der See …‹?«

»Ja, der Vers von Edgar Allan Poe. Er gefiel mir so gut, als ich ihn vor vielen Jahren einmal las – ich war damals noch ein halbes Kind –, daß ich diese Worte wählte, bevor wir mit der Mandelbäumchengeschichte begannen.«

»Die Idee mit dem Vers kam auch von Ihnen?«

»Das sage ich doch.«

»Und derselbe Vers stand auf all den vielen, vielen Karten?«

»Natürlich, Monsieur Royan. Hätte ich für jede Dame einen anderen suchen sollen?«

»Da haben Sie recht«, sagte ich und sah die Karte an, die Mrs. Collins erhalten hatte und die nun in meinem Besitz war.

»Ist doch wirklich hübsch, so ein Bäumchen, nicht wahr?«

»Sehr hübsch, wirklich«, sagte ich. »Und kamen manche von den Damen wieder an die Côte d'Azur?«

»Oh, viele, Monsieur.«
»Und?«
»Was und?« Sie hob die Schultern und ließ sie wieder fallen. »Pierre hat sie wieder glücklich gemacht, alle. Und ihre Männer haben alle wieder Schmuck bei Monsieur Alassian in Nizza gekauft. Seit drei Jahren war keine Dame mehr da. Das Mandelbäumchengeschäft läuft ungestört.«
»Sie meinen, Sie schreiben den Damen auch nach dem Tod Ihres Mannes regelmäßig?«
»Man muß doch leben, nicht wahr?«
»Und wenn eine Dame jetzt kommt – so wie ich gekommen bin?«
»Dann werde ich ihr die Wahrheit sagen – wie Ihnen. Daß ich seine Frau war.« Ihre Stimme wurde lauter. »Mit Stolz werde ich das jeder Dame sagen. Das ist doch eine gute Geschichte, wie? Schriftsteller suchen immerzu Geschichten. Da haben Sie eine. Ich schenke sie Ihnen!«
Und ich dachte daran, daß mir in der vergangenen Nacht Mrs. Collins ihre Geschichte geschenkt hatte.
»Schreiben Sie sie auf, Monsieur Royan, schreiben Sie sie auf!«

Darum hatte mich auch Mrs. Collins ersucht, dachte ich.

»Werden Sie sie aufschreiben? Wenn ich Sie herzlich darum bitte?«

»Warum sind Sie so erpicht darauf, Madame Mondragon?«

Einen Augenblick lang verzerrte sich ihr tragisches Gesicht zu einer Grimasse des Hasses.

»Dieser Juwelier, dieser Reuben Alassian, er hat Pierre zwanzig Jahre betrogen ... mit den Prozenten ... Ich bin dahintergekommen ... Ich kann es beweisen ... Betrogen hat er uns, der Schuft. Wo Pierre ihm doch so sehr geholfen hat! Das soll die Welt wissen. Auf einen Mann wie Sie habe ich gewartet. Auf einen Schriftsteller! Sie werden aufschreiben, was ich Ihnen erzählt habe, ja?«

Ich schwieg.

»Monsieur Royan, ich habe Sie etwas gefragt. Glauben Sie, ich hätte Ihnen das alles berichtet, wenn Sie nicht Schriftsteller wären? Ich habe mich, gleich als Sie kamen, nach Ihrem Beruf erkundigt, erinnern Sie sich?«

»Ich erinnere mich.«

»Daraufhin erst habe ich zu erzählen begon-

nen. Sie *werden* die Geschichte aufschreiben und diesen Schuft Alassian damit erledigen, ja? Sagen Sie ja, Monsieur!« Sie war jetzt sehr erregt.

Ich fragte: »Warum schreiben Sie Ihre Geschichte nicht selber, und ich bringe sie bei einer Zeitschrift unter? Sie können doch schreiben. Diese wunderbaren Liebesbriefe ...«

Sie schüttelte ungeduldig den Kopf. »Nein, nein, nein!«

»Was heißt nein?«

»Ich kann Liebesbriefe schreiben, Monsieur, wunderbare. Aber sonst nichts. So, wie mein armer Pierre nur lieben konnte und nicht malen. Nein, niemals wäre es mir möglich, diese Geschichte aufzuschreiben. Sie müssen das tun, Sie!«

»Wenn ich die Geschichte aufschreibe«, sagte ich, »dann muß ich die Namen und die Schauplätze der Handlung ändern.«

»Warum müssen Sie das?« rief sie empört.

»Weil ich keine Anzeige von Monsieur Alassian bekommen will, Madame. Und um andere Menschen zu schützen.«

»Alassian wird vor Gericht verlieren. Ich habe

die Wahrheit gesagt. Ich habe Zeugen … zwei entlassene Angestellte des Juweliers. Sie sind bereit, unter Eid auszusagen. Aber nur, wenn jemand anderer die Sache ins Rollen bringt. Dieser andere sind Sie, Monsieur. Monsieur! Ich bitte Sie, versprechen Sie mir, die Geschichte aufzuschreiben! Sonst haben Sie mich getäuscht. Sonst haben Sie sich hier eingeschlichen – ich weiß nicht, warum. Sind Sie überhaupt wirklich Schriftsteller? Was haben Sie geschrieben, Monsieur Royan?«

Das begann unangenehm zu werden.

Ich sagte: »Ich werde die Geschichte aufschreiben, Madame Mondragon.«

»Mit den wahren Namen und Orten?«

»Mit den wahren Namen und Orten«, sagte ich und nahm mir vor, natürlich alles so zu verändern, daß ich nicht zu Schaden kommen würde, wenn ich – man konnte nie wissen – tatsächlich einmal über diese Affäre schreiben sollte.

Sie sprang auf, und ehe ich es verhindern konnte, hatte sie meine Hand ergriffen und geküßt.

»Madame Mondragon!« Auch ich stand schnell auf. »Das dürfen Sie nicht tun!«

»Ich bin Ihnen so dankbar, Monsieur Royan, so

unendlich dankbar! Wahrhaftig, es gibt einen Gott. Und Gott ist gerecht. Nun wird dieser alte Schuft Alassian doch noch seine Strafe erhalten ... Wann fangen Sie an zu schreiben, Monsieur? Wann fangen Sie an?«

Ich hatte das Gefühl, daß es gut für mich sei, schnellstens von hier fortzukommen.

»Bald, Madame Mondragon«, sagte ich. »Ich muß noch eine wichtige Arbeit erledigen, aber dann ...«

»Aber dann! Ach, wunderbar, wunderbar ... Sie haben jetzt Mrs. Collins' Version und meine. Wird die Geschichte in die Zeitschrift kommen?«

»Sicherlich.«

»Wo? Monsieur, wo? Es muß eine *große* Zeitschrift sein. An welche denken Sie?«

»An ›Paris Match‹«, sagte ich.

»›Paris Match‹ ist wunderbar. Die liest ganz Frankreich.« Sie lachte. »›Paris Match‹ liegt im Geschäft von Reuben Alassian aus. Der wird sich freuen, meinen Sie nicht, Monsieur Royan?«

»Ja«, sagte ich.

»Vielleicht verreckt er daran«, sagte sie. »Das wäre mein schönster Tag.«

Ich hatte genug. Ich ging zur Tür. Sie folgte mir und sagte: »Die Karte von Mrs. Collins können Sie behalten.«

Wir stiegen die Stufen der breiten Treppe in der weißen riesigen Halle zum Ausgang hinab.

»Es sind noch genügend Karten für die Briefe da«, sagte sie. »Ich muß Pierre sehr dankbar sein, daß er so vorgesorgt hat. Denn wissen Sie, es ist ganz komisch: Ich komme mit diesen Schablonen nicht zurecht. Ich könnte so ein Bäumchen nicht malen. Jedes Kind kann es – ich nicht.«

Wir hatten das Tor erreicht. Sie öffnete es. Die Straße war menschenleer. Ich hörte einen Hund bellen.

Sie sagte: »Sie haben versprochen, die Geschichte aufzuschreiben, Monsieur Royan. Sie haben es versprochen, denken Sie daran!«

»Ja«, sagte ich. »Ich denke daran. Und ich denke an Sie, Madame Mondragon.«

»Was heißt das?«

»Was Sie tun und getan haben, ist Unrecht. Man wird Sie bestrafen dafür. Soll ich nicht doch lieber alles verschlüsseln?« Es war ein letzter Versuch.

»Auf keinen Fall. Wir müssen mit unseren richtigen Namen genannt werden – vor allem dieser Verbrecher Reuben Alassian.«

»Aber Sie, Madame ...«

»Ich?«

»Wenn man Sie nun wirklich bestraft ...«

»Wir werden alle so schnell alt. Was glauben Sie, wie viele von den Damen schon gestorben sind. Andere werden folgen ... hoffentlich sehr bald auch ich.«

»So dürfen Sie nicht sprechen«, sagte ich.

»Pierre ist tot. Das ist kein Leben ohne Pierre. Bestrafen? Mich? Ach, wie gleichgültig mir das ist, Monsieur, wie ungeheuer gleichgültig! Ich werde sterben wie die anderen, bestraft, nicht bestraft. Ich will nur noch erleben, daß Reuben Alassian vernichtet ist, vernichtet, ja. Dann soll bitte der Tod auch zu mir kommen ...« Ihre Stimme war immer leiser geworden. Und plötzlich – es war phantastisch – schien Maria Mondragons häßliches, tragisches Gesicht in dem schwachen Licht, das aus ein paar erleuchteten Fenstern auf uns in der Dunkelheit fiel, aufzublühen und begehrenswert zu werden wie das Gesicht des schönen jungen Mädchens, das sie einmal gewesen war. Warm und weich klang ihre Stimme, als sie sagte: »Und wenn es noch so viele Frauen gewesen sind ... hundert ... zweihundert ... Er hat im Leben eine einzige geliebt – *mich*. Ich, ich war seine Annabel Lee.«